だいわ文庫

草紙屋薬楽堂ふしぎ始末

名月怪談

平谷美樹

JN148141

大和書房

目次

【江戸の本屋】（えどのほんや）

江戸時代の本屋は、今でいう出版社（版元）であり、新刊の問屋も兼ねた小売店でもあり、同時に古書の売買までも広く手がけた。主として内容の硬い本を扱う書物屋（書物問屋）と、大衆向けの音曲や実用書、読本などを中心に扱う地本屋（地本問屋）とが、幅広く印刷物を作成・販売し、大きく花開いた江戸の出版文化を支えた。

【戯作者】（げさくしゃ・けさくしゃ）

戯作とは江戸時代中後期から明治初期にかけて書かれた小説などの通俗文学のことで、戯作者はその著者。作家である。

草紙屋薬楽堂ふしぎ始末　名月怪談

縁側の亡魂　菓子舗異聞

一

秋になっても暑い日が続いている。

女戯作者《おんなげさくしゃ》の鉢野金魚《はちのきんとと》は風呂敷包みを抱えて、通油町の草紙屋薬楽堂《そうしややくらくどう》へ向かっていた。

芒《すすき》の意匠の着物に赤みがかった黄色の帯。差した煙草入れは深緑の鹿の裏革。珊瑚《さんご》で南天の赤い実を象《かたど》った前金が鮮やかであった。甲螺髷《ばいまげ》の髪にも珊瑚の簪《かんざし》を挿《さ》している。

金魚は暖簾《のれん》をくぐって、薬楽堂の前土間に入った。

「ごめんなさいよ」

「おはようございます。金魚さん」

手代の清之助《せいのすけ》がにこにこと挨拶をする。

帳場の短右衛門《たんえもん》は浮かない顔で、「お疲れさまでございます」と言った。

「なんだか元気がないねぇ」金魚は板敷に腰を下ろしながら言う。

「風邪でも引いたかい？」

金魚は色川春風《いろかわしゅんぷう》の戯作の朱入れのために家に閉じ籠もって、四日ほど薬楽堂に顔を出していなかった。

薬楽堂が主催した現代で言うところの文学新人賞〈素人戯作試合〉は、紙漉《かみすき》の吉五《きちご》郎《ろう》——、筆名色川春風が一等となり、本にするための手直しが始まっていた。

最初に朱筆を入れる役は金魚に押しつけられた。

読むのも書くのも速く、言い回しや言葉の選び方が的確な金魚が最初に読めば、後の者が楽だという嫌らしい目論見で、薬楽堂の大旦那、長右衛門《ちょうえもん》が決めたことである。

二番手が、薬楽堂に居候する戯作者の本能寺無念《ほんのうじむねん》。三番手が長右衛門だった。

金魚が抱える風呂敷包みには、春風の草稿が入っていた。

奥から暖簾をたくし上げ、本能寺無念が顔を出した。

「おけいちゃんが他家に入り浸っているんだとよ」

おけいちゃんとは、短右衛門の娘、けいである。まだ十歳にもならない子供であるが、すこぶる頭の回転がよかった。しかし、人の心を読みとることが苦手で、時に大人をやり込め、顰蹙《ひんしゅく》を買うこともしばしばであった。

「へぇ」金魚はにやりと笑う。

「これかい？」

と親指を立ててみせる。

「冗談はよしてくださいまし」

短右衛門は怖い顔をした。

「男は男だが、年はまだ六歳」無念はくすくす笑いながら短右衛門の横に座った。

「菓子屋の息子だ」

「なーんだ。それなら菓子が目当てかい。頭を使うと甘いものが欲しくなるからねぇ」

「それが、そういうわけでもないようなのでございます」短右衛門は溜息をついて、ちょっと恨みがましい目を金魚に向ける。

「その菓子屋、亡魂《ぼうこん》が出るようなので」

「おけいちゃんは、亡魂の正体を見極めようってことで、入り浸っているのかい」金魚は言った。

「それが、あたしとか、真葛《まくず》婆ぁとかが亡魂は存在するのしないのと言い合いをしている影響だって、旦那は思っているわけだ」

真葛婆ぁとは、只野《ただの》真葛。女流文筆家である。【独考《ひとりかんがえ》】という思想書を曲亭馬琴《きょくていばきん》の推薦を得て出版しようと考えていたが頓挫した。薬楽堂に頻繁に出入りしていたが、今は様々な事情があって故郷の仙台に戻っている。

「いや、その……」

短右衛門はばつが悪そうな顔をする。

「事情を話してみなよ。事としだいによっちゃあ、あたしが手を貸して、さっさと亡魂の正体を突き止めてやるよ」

「ああ――。早々に正体が分かれば、けいも落ち着くやもしれませんね」短右衛門は肯いた。

「その菓子屋というのは、本石町一丁目の菓子舗、壹梅堂《いちうめどう》でございます。梅肉を練り込んだ白餡の、〈壹梅〉という大福で有名なお店《たな》で」

「ああ。知っているよ。三河町の別宅へお邪魔した時なんかによく出してくれる」

三河町の別宅とは、短右衛門の妻子が住む家である。夫婦仲が悪く、別居がしばらく続いているのだった。

「その壹梅堂に、梅太郎《うめたろう》さんという一人息子がいらっしゃいます。無念さんが仰るように、今年六歳――」

「その子が亡魂を見るかい？」

「縁起でもないから、他言はしないようにと言い含めていたようなんでございますが、そこはそれ、子供のことでございますから、三河町に遊びに来た時に、ついぽろっとけいに話したようで」

「それで、おけいちゃんは正体を見極めようと乗り出したってわけだね」

金魚は霊の存在に否定的。真葛は肯定的であった。しかし、けいは常々『亡魂があるかないか、実際に見なければ結論は出せない』と言っていた。

「はい。ここ三日、けいは壹梅堂に入り浸っているようで、今朝も三河町から『なんとかしてくれ』と使いが参りました」

「それで、どんな亡魂が出るんだい？」

「それが、はっきりしないのでございます」

「はっきりしない?」

「最初の日に『壹梅堂さんにご迷惑だからなんとか言ってくれ』と、三河町に呼ばれて行ってみますと、けいはなにやら難しい顔をして黙りこくっているのでございます」

「ほぉ――」

金魚は意外に思った。けいの頭ならば、すぐに亡魂の正体を見極められたのではないかと思っていたのである。入り浸っているのは、壹梅堂で起こる怪異の数々を一つずつ解いているからだと考えたのだったが――。

「それでもしつこく訊くと、『亡魂はいるかもしれない』と」

「へぇ。おけいちゃんは亡魂を認めたかい」

初耳だったようで、無念は驚いた顔をする。

「絶対に亡魂なんかいるはずはないんだ。おけいちゃんがそんなことを言ったとすれば、相当に謎解きが難しいんだね。こいつは面白そうだ」

金魚は無念に草稿の風呂敷包みを渡す。

「大旦那に渡してくんな。あたしはちょいとおけいちゃんの様子を見て来る」

無念は『一緒に行こう』と言われずにほっとした顔をした。

無念は大の亡魂嫌いであった。その原因を作った仕掛者《しかけもの》(詐欺師)らは、金魚たちによって懲らしめられたが、その事実は無念の心を慮《おもんぱか》って話していない。だから、亡魂嫌いは以前のままなのであった。

二

薬楽堂のある通油町から本石町一丁目までは八町（八八〇メートル）ほどである。

大名の屋敷にも菓子を納める壹梅堂は、なかなかの大店《おおだな》であった。暖簾をくぐって前土間に入ると、身なりのいい男女が菓子の注文をしていた。

手代らしい若者が愛想よく金魚に近づいて来た。

「薬楽堂の短右衛門さんから頼まれて来たんだよ」と金魚は先回りして言った。

「おけいちゃんはいるかい？」

「はい。それではこちらにお回りください」

手代は金魚を案内して通り土間に入り、奥へ続く廊下に上がった。

「あたしは薬楽堂さんにお世話になってる鉢野金魚っていう戯作者だよ。おけいちゃんがご迷惑をかけてすまないね」

「ああ。あなたさまが鉢野金魚さまですか」

手代は驚いた顔で振り返った。

「嬉しいね。あたしを知っててくれたのかい」

「お作は何冊か読ませていただきました。椎葉《しいば》の推当《おしあて》（推理）の切れがみごとでございますね」

椎葉とは、金魚が書く戯作の主人公である。

「わたしは手代の新吉《しんきち》でございます。おけいさんには、梅太郎坊ちゃんのお相手をしていただいて、ありがたく思っております」

「梅太郎さんは亡魂を見るって？」

金魚が訊くと、新吉はぎょっとしたように立ち止まる。

「おけいさんからお聞きになりましたか」

「短右衛門さんから。大丈夫。外には漏らしちゃいないよ――。亡魂を見るのは梅太郎さんばかりかい？」

「はい」少し迷ったように新吉は言った。

「姿を見たのは梅太郎坊ちゃんだけでございます」

「ふーん。なにか亡魂が出るような心当たりはあるのかい？」

「……その辺りは、梅太郎坊ちゃんやおけいさんからお聞きになっていただければ」

新吉は言葉を濁して廊下を進む。そして、奥まった襖《ふすま》の前で膝を折って、

「鉢野金魚さまがお出《い》でてでございます」

と声をかけた。

『金魚ちゃんかい……』

座敷の中から、緊張したようなけいの声が聞こえた。

続いて、子供がひそひそと囁《ささや》きを交わす声。

『入ってもいいって』

けいが言った。

新吉は襖を開けて、金魚に肯いてみせた。その表情は硬い。怯えているのか緊張しているのか――。

「邪魔するよ」

金魚が座敷に入ると、新吉は襖を閉めて隅に控えた。

座敷には二人の子供が向かい合って座っている。

一人は女の子。黒い地に紅葉を散らした着物に、赤い帯を締めた尼削ぎの髪――。けいである。

もう一人は幼い男の子。仕立てのいい青い着物を着て、不安そうな顔で金魚を見ている。

金魚は二人から少し距離をとったところに座り、にっこりと笑って、

「鉢野金魚でございます」

と、自分を見つめる梅太郎に言った。

「梅太郎です……」

消え入りそうな声だった。

「父さまから話を聞いて来たのか？」

けいが訊く。日頃から表情豊かな娘ではないが、今日は輪をかけて無表情である。心の内を見せまいとしてる。ならばその内側を覗かなきゃならないね――。

「そうだよ。手掛かりは見つかったかい？」

「手掛かり……」

けいの顔に一瞬戸惑いの表情が浮かんだ。

「そうだよ。亡魂の正体を見極めに通っているんだろ？」

金魚はけいと梅太郎の表情の変化を観察する。

梅太郎は平然としている。見知らぬ女の登場に不安を見せた梅太郎は、亡魂という言葉には恐怖や不安を感じていない様子だった。

一方、けいはまったくの無表情に戻っている。内心の動揺を知られまいとしているのだ。

どういうことだろう。いつものけいならば、今まで見つけた手掛かりを得意げに開陳するはずなのに――。

けいがすぐに答えなかったので、金魚はさらに仕掛ける。

「なんだい。手掛かりを見つけられずにいるのかい？」

からかうように言った。

けいの表情が動く。

不安そうな、悔しそうな――、負の感情であれば、どのようにもとれそうな表情が一瞬浮かんで消えた。

「亡魂は、いる――、かもしれない」

けいがぼそっと言った。

金魚は眉をひそめる。

「いるかもしれないっていう証跡《しょうせき》を見つけたのかい？」

金魚がそう言った時であった。

天井から喧《かまびす》しい音が降ってきた。

誰かが激しい足音をさせて駆け抜けたのである。

金魚ははっとして天井を見上げた。

足音はすぐに消えた。

「二階は奉公人の部屋だ」けいが言った。

「行っても誰もいない」

「何度もあるのかい？」

金魚が訊くと、けいと梅太郎が肯いた。

「一日に何度も」

けいは金魚に顔を向ける。相変わらずの無表情であるが、金魚はなにかそれまでと違う雰囲気を感じ取った。諦めたような、決心したような、少し前までのあやふやな心ではなく、なにか方向を決めたかのような顔だと金魚は思った。

「すぐに行っても、誰もいない。奉公人は店か工房だ」

「足音だけかい？」

「家鳴りもある。姿も見える」

「おけいちゃんも見たのかい？」

「わたしは見ていない。見たのは梅太郎だけだ」

「ふーん」

金魚は腕を組む。

けいはじっと金魚を見ている。けいもまた金魚の表情からその心の中を読みとろうとしているようだった。

「それで、誰かが悪戯《いたずら》をしているという証跡が摑めないんで、亡魂はいるかもしれないという考えに傾いているってわけだ」

「そういうことだ」

けいはぶっきらぼうに言った。

ならば、けいの心の動きも納得できる。

けいは、亡魂を見たことがないから、いるともいないとも判断できないと主張してきた。

だがそれは、おそらく亡魂は存在しないという考えの上に成り立っている。しかし、けいの理性が『いないという証跡もないのだから断定はできない』として、言明を避けているのだ。

壹梅堂で起こっている怪異は、そういうけいの立ち位置を危うくしている。

そこに、『亡魂は存在しない』と強く主張する金魚が現れた。

『亡魂は存在する』という立場の只野真葛が来たのならば、少しは安心できようが、『存在するかもしれない』と『存在しない』という主張は相容れない。

畢竟《ひっきょう》、論争が起こる。

けいは、これから起こるであろうそれを警戒して、こちらの心を読みとろうとしていた――。

なるほど。それならば少し安心させてやらなければならないね――。

「おけいちゃん。今まで起こったこと、ちゃんと筋道を立てて考えてみたんだね？」

「当然だ」

「それで、誰かが悪戯をしていたんじゃないという結論に至ったのかい？」

「そういうことだ」

「それじゃあ、なにが起こったのか話してごらん」

「話はあてにならない。わたしが体験したことは、あくまでもわたしの目や耳で確かめたこと。金魚ちゃんも自分の目や耳で確かめなきゃ、金魚ちゃんなりの推当は立てられない」

「うん。そのとおりだね。けれど、今までのことを聞いておかないと、これからなにか起こるたびに肝を冷やすことになるからね」

「金魚ちゃんでも肝を冷やすのか？」

「当たり前だよ。亡魂を信じてなくたって、暗がりの中から突然声がすればびっくりする」

「おっ母《か》さんが――」梅太郎が口を挟んだ。

「出てくるんです」

「おっ母さんが？」

金魚は梅太郎に顔を向けた。

「わたしのことが心配で――」

ああ、だからこの子は亡魂を怖がらないのか――。

金魚は得心した。そして、けいの表情の推当もさらに納得できるものになった。

金魚が来たことで、自分が解けなかった謎が解けて、亡魂が何者かの悪戯だと分かれば、梅太郎は悲しむことになる。

あるいは――。

金魚は背中に冷たいものを感じた。

亡魂が存在するという証跡をあたしが見つけてしまって、あたしの立ち位置が瓦解《がかい》することを、この子は心配しているのか？

亡魂がいるとなれば、あたしの生き方の根本が変わっちまう。

亡魂なんていう常ならぬものが存在するのならば、神や仏だって存在するはずだ。

ならば、なぜ世の中に、こんなにもたくさんの苦しみや悲しみがある？

しばらくの間、女郎として苦界《くがい》に暮らしてきた金魚は世の辛酸を嘗め尽くし、そんな中で虫けら以下の生き方をし、死んでいった女たちをたくさん見てきた。

神や仏がいるのならば、なぜあの女たちを見殺しにした？

神や仏がいないのならば、亡魂もいない。

人は、人の力だけで生き抜いていかなければならない。神も仏もいないのだから、人は人を助け、助けられて生きていかなければならない――。

亡魂が存在するのならば、それらを成仏させ、神上がりさせる神仏も存在する。

自分は今までの考えを根本から変えざるを得なくなる。

けいはそれを心配しているのだろうか――？

「どうした、金魚ちゃん？」

けいが心配そうに金魚の顔を覗き込んでいた。

「いや、なんでもないよ――」金魚は微笑んで誤魔化した。

「で、梅太郎さん、最初はどんなことが起こったんだい？」

「はい……」

梅太郎はつっかえつっかえ、今までの出来事を語り始めた。

三

梅太郎の母かなは、今年の晩春に没した。

病に臥して数日の後であった。

倒れた後、ずっと昏睡《こんすい》の中にあったから、別れの言葉を交わすこともできなかった。

夫の藤五郎《とうごろう》も奉公人もたいそう悲しんだが、最も打ちひしがれたのは梅太郎であった。

祖父祖母も健在であったから、初めての身内の死――。

死というものは言葉でしか知らないうちの、母の病没であった。

忘我のうちに葬儀が終わり、数日を経て、家の中のどこにも母の姿がないことを理解すると、身も世もない悲しみが梅太郎を襲った。

食べ物も喉を通らず、気がつくといつも涙が頬を濡らしていた。

聞いても詮ないこととは分かっていたが、父や奉公人に、母はどこかと訊いて困らせた。

夏になっても梅太郎の悲しみは消えることはなかった。

ある暑い夜。

蚊帳《かや》の中には、若い女中のきちが添い寝をしていた。夜中に突然目覚めて泣き出す梅太郎を思いやってのことであった。

風もなく、蚊遣りの中から蚊取り線香の煙が真っ直ぐ立ち上っている。

突然目覚めた梅太郎は、人の気配を感じて縁側の方を見た。

月の明かりが庭を銀色に照らしている。

縁側に誰かが座っていた。

ゆっくりと団扇《うちわ》をあおいでいた。

見覚えのある母の、露草の柄の浴衣を着ていた。

「おっ母さん！」

梅太郎は叫んで、夜具を飛び出し、蚊帳から出ようとした。

きちは熟睡しているのか身動きもしない。

「いけません。梅太郎」

小さな声で母は言った。

梅太郎は、蚊帳に手をかけて動きを止めた。

「おっ母さんは、黄泉《よみ》の国の食べ物を口にしてしまいました。穢《けが》れてしまったので、現世《うつしよ》に生きるあなたはこれ以上近づくことはできません」

母の言葉に、梅太郎は添い寝をしてくれているきちが、いつだったか聞かせてくれた伊弉諾《いざなぎ》、伊弉冉《いざなみ》の話を思い出した。

死んで黄泉の国の食べ物を口にしてしまった伊弉冉は、幾つもの恐ろしい神さまに取り憑かれていた――。

「けれどおっ母さんは、いつまでも梅太郎を見守っていますから、悲しんではなりません」

「だけどおっ母さん。家の中のどこを探してもおっ母さんはいないじゃないか」

「今、ここにいるではありませんか」

「今はいるけど、いつもはいない」

「いるのです。黄泉の国の約束事で、いつもいつも姿を見せるということはできないのです。けれど、わたしはいつも梅太郎のそばにいます」

「信じられない」

梅太郎は蚊帳を出ようとする。

「いけません！」厳しい声が言った。

「蚊帳の外に出れば、もう二度とおっ母さんに会うことはできなくなりますよ」

梅太郎はたくし上げた蚊帳を元に戻す。

「それも、黄泉の国の約束事？」

「そうです。梅太郎がその約束事を守っているかぎり、おっ母さんはいつもそばにいます」

「それなら、その証《あかし》が欲しい」

「証……」

「おっ母さんがいつも近くにいるっていう証だよ」

「……分かりました。それなら、音をさせましょう。足音や、襖や障子《しょうじ》が鳴る音」

「声は？」

「いつ？　いつ聞かせましょう」

「いつとは約束できません」

「ねぇ、おっ母さん」梅太郎はふと気がついた疑問を口に出した。

「なんでそんなに他人行儀な喋り方なの？」

梅太郎の問いに、団扇が一瞬止まった。

「あの世に行ってしまったからです……」

「あの世に行けば、他人行儀な話し方になるの？」

「あの世に行けば、仏さまになるための修行が始まるのです。だから、たとえ我が子であろうと、丁寧な言葉遣いで接しなければなりません」

「そうなの……」

梅太郎は少し悲しくなった。

「分かったなら、横におなりなさい。おっ母さんは戻らなければなりません」

「もう行っちゃうの？」

「これも黄泉の国の約束事です」

母は静かに立ち上がり、沓脱石《くつぬぎいし》の上に下りた。そして、下駄《げた》の音を鳴らして庭に下り、奥の方へ歩いて行った。

「おっ母さん！」

梅太郎は我慢できず、蚊帳から飛び出し、裸足《はだし》のまま庭に下りた。

「梅太郎坊ちゃん？」

添い寝をしていた女中が驚いて起きあがり、梅太郎を追った。

庭の真ん中で、梅太郎は女中に捕まった。

「離して！　おっ母さんが来たんだ！」

梅太郎は暴れた。

女中は必死で梅太郎を抱き締める。

「夢でございます！」

女中は梅太郎を不憫《ふびん》に思ったのか、泣いているようだった。

「夢なんかじゃない！」

梅太郎は女中の腕を振りほどいて走り出す。庭の隅々まで探したが、母の姿はなかった――。


「――なるほど。それが始まりかい」

金魚は言った。

こんな簡単な筋書き、おけいちゃんに見破れない筈はない――。

金魚はちらりとけいを見る。

けいは、じっとこちらを見返している。

「おけいちゃんは庭を確かめたかい」

「確かめた」

「庭からどこかへ行けるかい？」

「濡れ縁が続いているから、母屋の座敷に入れる」

それなら、女中の誰かが梅太郎を慰めるために芝居を打ったと考えるのが順当な推当だ。

「おけいちゃんはどう考える？」

「亡魂はいるかもしれない」

今度は言い淀むこともなくすらりと口にした。

「うーん。分からないね」

「そこから先の話をしてもいいか？」

けいが言った。

「うん。聞きたいね」

「梅太郎の父さまが〈壹梅〉を届けに来た時に、梅太郎も一緒について来た。そこで、縁側でおっ母さんを見たことや、その後聞こえた音や声の話を聞かされた。それで、正体を見極めようと思った。河童《かっぱ》の件があったから、誰かが梅太郎に悪戯をしているんだと思ったからだ」

以前、けいの友だちの家に河童が出るという事件があった。けいは、金魚たちの力を借りつつ、その河童の正体を暴いたのだった。

「けれど、この家に来て、それが違うと分かった」

「どう違ったんだい？」

「足音の正体を確かめるために、見張りを置いた。母屋の二階は、南北に階段がある。そこに見張りを立てて、足音が聞こえた時に、すぐに二階に駆け上がった。見張りは階段を上がる者を見ていなかったし、二階には誰もいなかった。そんなことが一日のうちに何回も続いた」

「ふん――」

見張りの者もぐるであれば可能だと思ったが、そんなことぐらいけいならば気がついているはず。

「金魚ちゃんが考えていることは分かる。疑えることは全て疑い、調べられることを全て調べてからじゃなきゃ結論は出せない。わたしは、帳面に見張りの名前を書き付けた。毎回見張りを代えた。この家の中に、亡魂を演じている者がいるかもしれないと考えてね。だから、梅太郎の父さまにも見張りを頼んだ。壹梅堂の者全員が見張りをした。けれど、足音や襖、障子の鳴る音は聞こえた――。だから、外から忍び込んでいる奴がいるんじゃないかと、家の中を全部調べた。隠し戸の類いは見つからなかった」

そこまでやってみたのか――。

金魚は眉根を寄せた。そこまでやってみて、『亡魂はいるかもしれない』というところへ辿り着いた。

だが、まだまだ疑う余地は残っているよ――。

金魚がそう考えた時、二階で襖ががたがた鳴った。二階の全ての襖が鳴っているようであった。一人、二人でできることではない――。

「金魚ちゃん、行って確かめないのかい？」

「すぐに飛び出したって、仕掛けた者が逃げ出す暇は十分あるからね」

「なら、金魚ちゃんはこれからどうすればいいと思う？」

「おけいちゃんはどうするつもりなんだい？」

金魚が訊くと、けいは一瞬途方に暮れたような表情を浮かべた。

そこら辺の大人よりもずっと賢いおけいちゃんでも、もうお手上げかい――。

「最後まで調べる」

けいは言った。

手詰まりと認めたくないかい。

「おけいちゃんが調べるっていうんなら、手伝うよ。なにをすればいいか言ってもらえれば、薬楽堂に関わりの者たちを総動員してもいい」

「うん……。どう動いてもらうか少し考える」

「それなら、あたしは梅太郎のお父《と》っつぁんに話を聞いてみようか」

金魚が言うと、座敷の隅に座っていた新吉が立ち上がり、襖を開けた。

廊下に出て、先に立って歩く新吉の背中に金魚は訊いた。

「お前も音を聞いたかい」

「はい」

新吉は振り返らずに答える。

「それならなんでさっき、その辺りのことは梅太郎やおけいちゃんに訊くようにって言ったんだい？」

「——おけいさんが色々と調べていたので、どこまで話していいものか分かりませんでしたので」

「おけいちゃんが話した分は喋ってもいいっていう判断かい」

「はい」

「ってことは、おけいちゃんが話さなかった分の話は黙っているってことかい？」

「いえ……。おけいさんのお話が全てでございます」

なにか隠していると金魚は思った。

たとえば、母の亡魂で梅太郎を騙し、店の中での自分の立場をよくしようと思っている奴がいるとか――。

　こりゃあ、外側から壹梅堂の評判を聞かなきゃならないね――。

「こちらの部屋でお待ちくださいませ」

　新吉は、梅太郎の座敷から三部屋ほど離れた座敷の襖を開けた。八畳ほどのがらんとした部屋であった。

　新吉は主《あるじ》を呼びに行き、入れ違いに女中が茶と、銘々皿に載せた〈壹梅〉を持って来て、金魚の前に置いた。十三、四のまだ幼さが残る顔をした娘であった。

「あんたはなんていう名だい？」

「きちでございます」

「ああ。梅太郎の添い寝をしていた子だね。ちょいと話を聞きたいんだけどね」

「はい――」

　きちは、金魚に向かい合って座る。

　緊張した表情である。

「梅太郎が最初に亡魂を見た時、お前は添い寝をしていたんだね？」

「はい」

「亡魂は見たかい？」

「いいえ。お恥ずかしい話ですが、すっかり寝入ってしまっていて。最初に見たのは庭に出ようとする梅太郎坊ちゃんの背中でございました」

「夜中だってのによく見えたね」

「月の夜でございましたので」

梅太郎の話どおりである。

「それから後も、梅太郎の添い寝をしているのかい？」

「はい。後から後から梅太郎坊ちゃんに黄泉の国の約束事を聞きまして、奥さまのそばに近づいてはいけないとのことでしたから。万が一、梅太郎坊ちゃんが飛び出して行った時に止める役目をと思い」

「それじゃあおちおち眠ってもいられないね。眠いだろう」

「梅太郎坊ちゃんのためでございますから」

「梅太郎がおっ母さんの亡魂を見るようになって何日になる？」

「十日ほどでございましょうか」

「梅太郎がおっ母さんに近づこうとするのを何回止めた？」

「ほとんど毎回でございます」

「変だねぇ」

「なにがでございます？」

きちは不安そうな顔になり、探るように金魚を見た。

「寝ずの番をしているのに、あんたは亡魂を見ていない。けれど梅太郎がおっ母さんに近づこうとするのを止めている。梅太郎とおっ母さんの会話が聞こえているのかい？」

「あの……。あたしは見ちゃいけないと思って背を向けておりますので……。声は、梅太郎坊ちゃんのものしか聞こえませんでした。けれど背を向けていても、坊ちゃんが蚊帳の外に出ようとするのは分かりますので、すぐにお止めします。その時には奥さまの姿はすでにございません」

きちがそう答えた時、襖が開いて三十絡みの男が入って来た。きちは一礼して座敷を出た。

「主の藤五郎でございます。このたびは、色々とご迷惑をおかけしております」

「いきなりでなんだけど、壹梅堂さん、誰かから恨みを買っちゃいませんか？」

金魚の唐突な問いに、藤五郎は目を丸くした。

「いえ……。ほとんど昔からのお得意さま相手の商売でございまして、手広く商おうなどということは考えておりませんから」

「そうでございますか」

こっちの問いに心底驚いていたようだから、本当に恨みを買う覚えはないようだね――。

「失礼なことを訊いて、申しわけありませんでしたねぇ」

「金魚さまは、この家で起こっていることの謎解きをなさるおつもりのようで」

藤五郎はおずおずと訊く。

「迷惑でございますか？」

金魚が訊くと、藤五郎は即座に手を振った。

「いえいえ。もし誰かの悪戯であれば、その者がなにを考えているのか確かめとうございますが――」

藤五郎は言い淀む。

「確かめたいが、なんです？」

金魚は促した。

「亡魂のお陰と申しましょうか、梅太郎もだいぶ落ち着いておりますので――」

「そっとしておいて欲しいと？」

「いえ。どのようなことが分かろうとも、梅太郎の気持ちが乱れない解決をしていただければと」

「壹梅堂さんは、なにかご存じで？」

「梅太郎を不憫に思った誰かがしていることであれば、咎《とが》め立てするのは気の毒と思っているのでございます」

「ああ。壹梅堂さんも、亡魂を信じないくちですか」

「いや、あるともないとも判じかねますが、もし、そうであったらというお話でございます」

「もっと厄介な事情が絡んでいたりした場合はどうなさいます？」

「もっと厄介な事情？」

「お店の中の力関係とか」

「梅太郎を懐柔して、なにかを企んでいる者がいると？」

「壹梅堂さんの言葉を借りるなら『もし、そうであったら』ということでございますよ」

「わたしが見るところ、そういう不心得者はいないように思いますが――。もしそういう者がいたならば、こっそり教えていただければ」

「お知らせしたらどうなさるおつもりです？」

「じっくり話をしたいと思います」

「すぐに店から放り出すようなことはしないと？」

「はい。奉公人が急にいなくなれば、梅太郎は不審に思いましょう。線の細い子でございますから、そういうことには敏感で。なにがあったのかと気に病みましょう」

「なるほど――。問いを変えましょうか。壹梅堂さんは、音をお聞きになりましたか？」

「はい。何度も」

「ああ、おけいちゃんに言われて見張りもなさったということでございましたね。どんな音でした？」

「足音と襖や障子が鳴る音が主でございました」

「足音ですが、あたしも聞きましたが、あれはお内儀が二階を歩いているにしては、激しすぎませんかねぇ。まるで男衆が荒々しく歩いているような足音でございました」

「梅太郎がどこにいても聞こえるようにと、わざと荒々しく床板を踏み鳴らしているのだとわたしは解釈しておりましたが」

「亡魂ならば、梅太郎さんがどこにいても分かるんじゃありませんかね。だったら、わざわざ二階で足音をさせなくとも、座敷の中で音をさせればいいとは思いませんか？」

「さぁ。その辺りの理屈は向こうの都合でございましょうから、わたしには分かりかねます」

「左様でございますよねぇ」

「それでも、隣の座敷で足音がしたこともございます」

「あら、そういうことがございましたか」

「わたしと梅太郎が夕餉《ゆうげ》をとっている時でございました。隣の座敷から足音がして、さっと襖を開けてみると誰もいなかったということが一、二度」

「なるほど――。声はお聞きになりましたか？」

「はい。それも一、二度」

「確かにお内儀の声でございましたか？」

「襖ごし、障子ごしの微かな声でございましたから、確かにとは申せません」

「うん。立派でございます」

「なにがでございます？」

「頭から信じ込まないという態度がでございますよ。さすが、堅実な商売をなさっているお方だと感心いたしました」

「なんだかからかわれているような――」

藤五郎は照れたように微笑んで頭を掻く。

「壹梅堂さんがこの件を仕組んでいるなら、確かにお内儀の声であったと言うでしょうからね」

金魚がそう言うと、藤五郎は表情を強張らせた。そしてすぐに、

「心外でございます――。しかしながら、家内の亡魂で梅太郎の心が落ち着くと分かっていれば、もっと早くにわたしが仕組んでもよかったかなとは思います」

と答えた。

金魚の、相手を翻弄する問いに見事に対応している。こちらがどういう問いをしても、老舗《しにせ》の主で、息子を思う父親という枠からぶれることはない――。

これが芝居だとすればたいしたものだと金魚は思った。

「たいへんお邪魔をいたしました。おけいちゃんと少し話をしてから引き揚げます。おけいちゃんは今しばらく壹梅堂さんに通ってもようございますかね？」

「もちろんでございます。梅太郎はおけいさんにもずいぶん励まされておりますから、こちらからお願いいたしたいくらいでございますよ」

言って藤五郎は立ち上がり、金魚のために襖を開けた。

金魚は梅太郎の部屋に行き、けいがしばらく壹梅堂に通ってもいいという許しを藤五郎から得たことを告げた。

けいも梅太郎もほっとした顔で微笑み合った。

金魚が壹梅堂を出る時に藤五郎は、「薬楽堂さんにお戻りになるのであれば」と、風呂敷に包んだ〈壹梅〉の箱を土産によこした。

四

薬楽堂に戻ると、喜色満面の清之助が、

「真葛さんが戻ってらっしゃいましたよ」

と言った。

只野真葛は、金魚と憎まれ口を叩き合う間柄ではあるが、それくらい気心の知れた人物である。本当なら喜ぶところであるが、今は時期が悪い。

金魚は小さく舌打ちして「もう帰って来たのかい」と毒づいた。

真葛は怪異譚を蒐集するなど、亡魂は存在するという立場である。壹梅堂の話を聞けば、首を突っ込むに決まっている。

せっかく上手い具合に調べを進めているのに、混ぜっ返されるのは御免だった。

金魚は清之助に〈壹梅〉の包みを渡すと、通り土間を抜けて離れに向かった。

作業場の建つ中庭に出た時から、離れの笑い声が聞こえてきた。真葛が土産話をしているのだ。

金魚の口元に笑みが浮かび、思わず足が速くなるが――。気を取り直して、怖い顔を作る。

どうせ無念の奴が、今あたしがどこに行っているのかべらべらと喋っているに違いない。とすれば、真葛はあたしの顔を見た瞬間に首尾を訊いてくるだろう。まだ端緒についたばかりと答えれば、絶対に明日は自分も行くと言い出す。

そして、勢いづいて怪異の解説をし、おけいちゃんを自分の側に引きずり込もうとするだろう。

そうはさせるもんかい――。

金魚はことさらに不機嫌な顔をして、離れの沓脱石の上に立った。

離れには真葛と長右衛門、短右衛門、無念が座っていた。

「首尾はどうだったたい？」

真葛は鼈甲《べっこう》の眼鏡のせいで異様に大きく見える目をぎょろぎょろさせて言った。

「読みどおりだね。もうちょっと意外なことは言えないかね」

言って金魚は離れに入る。

「ふん。そっちの台詞《せりふ》こそ、こっちの読みどおりだよ」

真葛は鼻に皺を寄せて舌を出してみせる。

そして――。二人はぷっと吹き出した。

男三人は冷や冷やしたような顔で見ていたが、ほっと溜息を吐き出した。

「なんだかしっくりこないんだよ」

金魚は煙管《きせる》を抜いて煙草を吸いつける。真葛と取り替えっこした銀延べに曼珠沙華《まんじゅしゃげ》の意匠を彫り込んだ煙管である。

真葛も煙管を出して煙草を詰める。以前は金魚の持ち物であった、吸い口と雁首《がんくび》が銀、羅宇《らお》は使い込んで琥珀《こはく》色になった象牙《ぞうげ》の煙管であった。

「おけいちゃんも手こずっているのかい？」

真葛は煙を吐き出した。

「うん――」

金魚は壹梅堂で聞いてきた全てを語った。

「お前も足音と家鳴りを聞いたかい」

真葛は少し驚いた顔をした。

「聞いた。けれど、あたしは誰かが仕掛けているんだと思ってる」

「お前ならそうだろうね――。で、わたしが首を突っ込めば面倒なことになると思ってる」

真葛はにやりと笑った。

「そのとおり」

「それじゃあ、しばらく外側でお手並みを拝見させてもらうよ」

「へぇ。意外なことを言う」

「意外なことを言えと申したのはお前であろうが――。一つ、教えておく。本当の怪異なら、夏だろうが、冬で火鉢をがんがん焚《た》いていようが、座敷の空気が冷たくなる」

「今日はそんなことはなかったね」

「まぁ怪異は二階で起こったのだから、下の座敷では感じられなかったのかもしれぬがな。ともかく、座敷の中で怪異が起こって、寒くならなければ、偽物の可能性が高い――。わたしも、怪異全てを信じているわけではないからな。それは覚えておけ」

「分かった。覚えとく」

「で、なにがしっくりこないんだ？」

無念が口を挟んだ。

「うん。どう言ったらいいのかよく分からないんだけど……」

「おけいちゃんが、亡魂はいるかもしれないなどと言い出したから、不安になっているのであろう」真葛が言った。

「自分も『もしかしたら』などと思い始めてる。だからではないのか」

「って言うよりも、なんだか悪いことをしてるような気がするんだ。うん——。もしあたしが、亡魂の正体を暴いたりしたら、梅太郎を悲しませることになるからね」

「なんだい、かわいげのない」真葛は鼻に皺を寄せた。

「亡魂はいないということを、絶対の前提にしておるのか」

「それ以外にも、なんだか推当がぎくしゃくしてね。どの推当も少しずつ筋が通らない。それやこれやでしっくりこないんだよ」

金魚は小首を傾げながら煙管の灰を捨て、新しい煙草を火皿に詰めた。

清之助が盆に〈壹梅〉と茶を載せて現れた。

「おもたせでございますが」清之助は金魚の前に大福と茶を置く。

「松吉《まつきち》、竹吉《たけきち》もご相伴にあずかりました」

金魚は煙草を詰めた煙管を煙草盆に置いて、〈壹梅〉を織部《おりべ》釉《ゆう》の銘々皿から取り上げ、一口齧《かじ》る。梅肉を練り込んだ白餡の甘さが口の中に広がった。

「季節ものではなく、定番にしているのがいいのう」

真葛が口をもぐもぐさせながら言う。

「大旦那。貫兵衛《かんべえ》を借りるよ」

金魚は指についた片栗粉をはたき落とすと、茶で口の中の大福を流し込む。

貫兵衛とは北野《きたの》貫兵衛。以前は某藩の御庭番を務めていた男である。故《ゆえ》あって藩を離れ、今は金魚や薬楽堂の面々に助けられ薬楽堂長右衛門の肝入で彫り師の又蔵《またぞう》と共に読売屋を営んでいる。又蔵は、貫兵衛が御庭番をしていた頃の配下であった。

「おっ。わたしの言葉でなにか閃いたか」

真葛は言った。

「はばかりさま。あんたの言葉なんか関係ないよ。甘いものが効いて、頭がすっきりしたんだよ」

「貫兵衛になにを調べさせる？」

「念のために、壹梅堂に恨みのありそうな奴をね」

「恨みの線と見極めたか」

無念は言った。

「いや。初心に返って思いついた推当を全部当たってみるのさ。潰して潰して、最後に残った推当が真相ってわけさ」


北野貫兵衛は薬楽堂にほど近い、汐見橋の近く、橋町一丁目の一軒家に住んでいた。

金魚が訪ねると、今日の読売を売り終えた貫兵衛と又蔵が板敷に寝転がっていた。板敷の三方には棚が置かれ、紙の束が積み上げてある。

「金魚姐《ねえ》さん。お久しぶりで」

又蔵はごろりと腹這いになって言った。年の頃は二十歳《はたち》前後。髷を鯔背《いなせ》銀杏《いちょう》に結った、なかなかの男前であった。

「仕事か？」

腕枕で目を閉じたまま、貫兵衛が言う。黒茶の小袖に黄土色の袖無しと膝の抜けた軽衫《カルサン》。総髪を茶筅《ちゃせん》に結った中年男である。

「菓子舗の壹梅堂をちょいと調べてもらいたくてさ」

金魚は土間に入ると、板敷にちょこんと腰を下ろす。

「なんで菓子屋なんかを？」

又蔵は腹這いのまま煙草盆を引き寄せて、煙管を吸いつけた。

金魚は子細を語った。

二人はあまり興味がなさそうに聞いていたが、

「ふん。おけいは真葛さんの仲間になったか」

と貫兵衛が言った。

「そういうわけじゃないさ。壹梅堂で起こっている怪異の正体を見極められず、揺れているだけだよ――。それでさ、壹梅堂に恨みを持っていそうな奴を調べることが一つ。もう一つはちょいと厄介だ」

「厄介なのは面白そうだ」

又蔵が乗ってくる。

「壺梅堂の家に、隠し戸のようなものがないかどうかを調べて欲しいんだよ。それも、誰にも気づかれずに」

「うん。そいつはあっしが引き受けた」

又蔵が言うと、貫兵衛が舌打ちした。

「それはわたしにやらせろ」

「早い者勝ちさ。ねぇ、金魚姐さん」

「そうだね。又蔵に頼むよ」

「だけど姐さん。隠し戸を調べるよりも、壺梅堂の二階に隠れて、怪異を仕掛けている奴を見《め》っけた方が早いんじゃないかい？」

「それも頼もうと思っていたんだよ。けれど――」金魚は真剣な顔になる。

「本当に亡魂の仕業だったとしても、声を上げるんじゃないよ」

「なんでぇ……」

又蔵の顔が青くなった。起きあがってあぐらをかく。

「金魚姐さんまで宗旨替えして、亡魂を信じるようになったのかよ。そんなこと言うと、おっかねぇじゃねぇか」

「今回は用心して、なにごとも否定しないで考えようと思ったんだよ。まぁ、亡魂なんていやしないんだけどね――。で、明日の朝までになんとかやっておくれよ」

金魚は懐から小さな包みを二つ出した。厚い方を、又蔵に滑らせる。薄い方は貫兵衛へ。

「手間賃と、昼飯代、夕飯代。それからささやかな打ち上げの飲み会ができるくらい入っているよ。それじゃあ頼むね」

金魚は言って腰を上げた。

金魚が外に出ると、小路の角でさっと人影が動いた。

目ざとくそれを見つけた金魚は、素早く路地に入って、隠れた人影の後ろに回るように小道を辿った。

足早に通りに出ると、少し先に貫兵衛の家に至る小路を覗き込んでいる後ろ姿があった。

見知ったよれよれの着物。月代《さかやき》が伸び、乱れた髷――。

金魚はそっと近づき、思い切り背中をどやしつけた。

「むーねん！」

小路を覗いていた男――、本能寺無念は、甲高い悲鳴を上げて飛び上がった。

道を行く人々が、驚いて無念を見る。

無念は、腰が砕けてへなへなと地面に座り込んだ。

「この野郎……。小便を漏らすところだったじゃねぇか」

無念は泣きそうな顔で金魚を見上げた。

金魚はころころと笑う。

「漏らさなかったんだから、いいじゃないか。それから、あたしは野郎じゃないからね。戯作者なら、言葉は正しく使いなよ」

「てやんでぇ。いつもと様子が違うから、心配して来てやったんだぜ」

無念は立ち上がって尻の土を払う。

「分かってるよ」

金魚は、無念にそっと肩を寄せて、その胸を指でつつく。無念の顔が赤くなったのを見ると、嫣然《えんぜん》と微笑んでさっと身を離して歩き出した。

「分かってりゃあいいんだよ」

無念は笑みを隠すように口元をもぞもぞさせて金魚の後を追う。

「貫兵衛にはなにを頼んできたんでぇ」

無念は金魚に並びながら訊く。

「貫兵衛には壹梅堂を恨んでいそうな奴を調べてもらう。又蔵には壹梅堂に潜り込んでもらう」

「手っ取り早く亡魂の正体を探るのか――。で、お前《め》ぇはどうするんだ？」

「吉五郎の戯作の手直しは終わったから、一杯引っかけて家に戻り、自分の次回作の準備をするよ——。つき合うかい？」

金魚は杯を干す手真似をする。

「へへっ。お前の奢りだよな」

「情けないねぇ。女に酒を奢る金もないのかい」

「知ってるだろ。ここんところ、吉五郎の草稿の件で忙しかったからよ。予定してた本が出てねぇんだ」

「本が出てないのは、草稿が書き上がってないからだろ。幾つか仕事が重なったら、一日を仕事の数で分けて、それぞれが滞らないようにやればいいんだ。締め切りを守れないのはだらしなく日々を過ごしているからだよ。他人《ひと》のせいにしなさんな」

金魚にやり込められて、無念はしょげた顔をする。

金魚はふっと微笑んで、無念の腕に自分の腕を絡ませて、

「一杯、奢ってやるよ。酔う前に帰って、自分の戯作を書くんだよ」

「お……、おう」

無念の顔は一転にやけて、足取りが軽くなった。

五

深更——。金魚は行灯《あんどん》を灯して新しい戯作の筋を考えていた。おそらく貫兵衛と又

蔵が報告に来るだろうと思い、寝ずに待っていたのである。

案の定、四ッ半（午後十一時頃）、貫兵衛と又蔵が現れた。

まず貫兵衛が口を開いた。

「壺梅堂は、酒はほどほど。外に女はいない。廓《くるわ》遊び、博打《ばくち》や道楽もしない。奉公人や近隣の評判もいい。それから、壺梅堂に亡魂が出る噂を聞いた。まだあまり広まってはおらぬが、亡くなった女将《おかみ》が一人息子を心配して出てくるというのだ。最初は声だけだったたが、ここ何日かは姿を現すようになったと。お前から聞いた話とほぼ同じだ」

「ふーん」

金魚は顎を撫でる。話はもう外に漏れてるかい――。

「誰から聞いた？」

「壺梅堂の旦那の親戚の知り合いだ。女将が死んですぐに、息子が女将の声を聞くようになったという話を聞いて、店の評判に関わるかもしれないと気にしていたそうだ。わたしの方はそれぐらいだ」

貫兵衛は言って、又蔵を促した。

「壺梅堂のあちこちを調べてみやしたが、隠し戸の類いはありやせんでした」

「ってことは、外から出入りした者が偽の怪異を起こしているんじゃないんだね」

「そういうこって」

「じゃあ、誰が仕掛けていた？」

「それが――」

又蔵は、壹梅堂で起こっていたことを全て話した。金魚は一つひとつに肯いて報告を聞き終えた。

「なるほどね――。あちこちに散らばっていた手掛かりが一つに繋がったね」

「それで、これからどうなさるんで？」

又蔵が訊く。

「あたしが壹梅堂に忍び込む手伝いはできるかい？」

金魚が訊くと、貫兵衛と又蔵は顔を見合わせた。

「できなくはないが、その格好では無理だぞ」

貫兵衛が言った。

「へへっ。そのうちこういうこともあるかと思ってね」

金魚は座敷の隅の行李《こうり》の中から風呂敷包みを取り出した。そして、さっさと帯を解き始めたものだから、貫兵衛と又蔵は慌てて顔を逸らした。

「なんだい。滅多に拝めない裸ん坊のあたしだよ」

からかうように金魚は言ったが、二人は顔を赤くしてそっぽを向いたままだった。

着替えをする衣擦れの音に、色々と想像しているのか、二人の顔はますます赤くなっていく。

「さぁ、準備は整ったよ」

金魚の声に、二人はそちらを向いた。

「なんだ、その格好は……」

貫兵衛はあんぐりと口を開けた。

金魚は全身黒ずくめで腕組みをし、役者のように胸を反らしていた。

黒い小袖の襟から真紅の襦袢《じゅばん》が覗いている。尻端折《しりはしょ》りした裾の下からは黒い股引に包まれた形のいい脚が伸びている。そして頭には黒い布で盗人《ぬすっと》かぶり。頭巾の裏は真紅の布を縫いつけてあって、捻って鼻の下で結んだ部分は、赤と黒の縞になっていた。

「女盗人鉢野金魚ってところさ。今度、女盗人を主役にして話を書いてみようと思ってね。その衣装を仕立ててみたのさ」

「そんな暇、よくありやしたね」

又蔵は呆れ顔で言った。

「あたしは筆が速いからね。幾らでも暇はあるよ」金魚は得意げに返した。

「さぁ、壹梅堂に忍び込むよ」


秋の虫が鳴いている。

三つの黒い人影が、壹梅堂の裏手を走る。中庭に面した板塀のそばで止まり、一人が塀に両手を突いて背中を丸めた。二人目がその背中に飛び上がり、同じような格好で両手を塀に突く。

三人目はぎこちない動きで二人の背中をよじ登り、塀を跨いで内側に飛び下りた。

二段目の人影は塀の上に手を伸ばし、ひらりと飛び越える。

一段目の人影はいったん隣の塀まで後退し、助走をつけて跳んだ。そして、音もなく中庭に着地する。

一段目が又蔵。二段目が貫兵衛で、三段目、最初に塀を越えたのが金魚であった。

三人は中庭を移動し、梅太郎の部屋の近くまで、植え込みの中を進んだ。

今日は肌寒い夜なので、雨戸が閉められているが――。

しばらく植え込みの陰に隠れていると、すっと雨戸が動いた。一間分が開け放たれる。

白っぽい浴衣を着た女が現れて、縁側に座る。

金魚たちは、座敷の中まで見通せる場所に移動した。

「梅太郎さん。梅太郎さん――」

女は座敷の方を向いて声をかけた。

障子が静かに開いた。

梅太郎が這い出そうとするのを、添い寝役のきちが抱き留めた。

「梅太郎坊ちゃん。黄泉の国の約束でございますよ」

きちが囁いた。

「梅太郎さん――」縁側の女が言う。

「今日はどんな一日でしたか？」

「おっ母さんを疑う人が来た」

梅太郎が言った。

「そうですか――。梅太郎さんはどう思いました？」

「なんだか分からないけど、怖かった――」

「おっ母さんが怖くなったのですか？」

「違う。疑う人が出てくれば、なんだかおっ母さんがもう来てくれなくなるような気がして――」

「大丈夫。おっ母さんはいつまでもそばにいるって約束したじゃないですか」

「そうだよね――」

梅太郎は少し微笑んで、一日の出来事を語った。縁側の女は、時々相づちを打ち、梅太郎の足りない言葉を補い、梅太郎の話を聞き続ける。

やがて、空の星が少しずつ数を減らして行く刻限となった。

「梅太郎さん。そろそろ行かなければなりません」

縁側の女は、ゆっくりと立ち上がった。

暗がりの中でも、きちが梅太郎を抱き留める腕に力を込めたのが分かった。

きちには、明らかに梅太郎のおっ母さんの亡魂が見えている――。

と、金魚は思った。

縁側の女はゆっくりと中庭を歩いて、離れの方へ向かう。

梅太郎は泣きそうに顔を歪めてそれを見送る。

金魚は又蔵に、

「女を捕まえておいておくれ」

と言った。

又蔵は肯いて女を追った。

きちが縁側に出て雨戸を閉める。

金魚と貫兵衛は、又蔵の後を追った。

離れの近くの濡れ縁前で、又蔵が女を捕らえていた。羽交い締めにして、掌で口を覆っている。

女は恐怖の眼差しで、自分に近づいてくる黒装束二人を見つめていた。

「安心しな。盗人じゃないよ」

金魚は盗人かぶりを外した。

女は金魚の顔を見て一瞬安心した目つきになったが、すぐになにか諦めたように目を逸らした。

「知らない顔だけど、あんたは誰だい？」

金魚は訊き、又蔵に肯く。

又蔵は女の口を塞いだ掌を外した。

「もとと申します」

もとと名乗った女は、俯《うつむ》いたまま答えた。

「家の者を使ったんじゃ、梅太郎にばれちまうからね。梅太郎のおっ母さんに姿形が似ているから雇われたかい？　顔は今ひとつだったのかねぇ。ずっと背中しか見せてなかったから」

金魚の問いに、もとは肯いた。

「そのとおりでございます……」

「手間賃は、今もらうのかい？」

「梅太郎さんとどんな話をしたのかを報告して、手間賃を頂くことになっています」

囁くような声だった。

「よし。それじゃあ、手間賃をもらいに行こう」

金魚が言うと、又蔵は羽交い締めにしていた手を離した。

もとは観念したように、離れの濡れ縁から母屋への渡り廊下へ上がった。


『旦那さま――』

障子の向こうから声が聞こえたので、文机に向かっていた藤五郎は「お入り」と答え、体の向きを変えた。

もとが報告に来る明け方には起きて、帳面の整理をするのがここしばらくの習慣になっていた。

するすると障子が開き、廊下に膝を折ったもとの後ろに黒装束が三人立っているのを見た藤五郎は、驚いた顔をした。

もとと三人の黒装束が座敷に入る。

藤五郎は黒装束の中に金魚の顔を見て、深く溜息をついた。

「事情については今は訊かないよ」金魚は言って、藤五郎の前に片膝を突いた。

「今夜、全て片をつけるつもりなんだ。覚悟はいいね？」

金魚が言うと、藤五郎はゆっくりと肯いた。

「よし。それじゃあ手筈を話すよ」

金魚は藤五郎の前に座り込んだ。

明け六ツ（午前六時頃）の鐘が鳴った。

六

その日の夕方。けいは壹梅堂を出た。

なにやら主の藤五郎の様子がおかしかった。

以前は人の気持ちなど読みとれないけいであった。今でもそれは同じだが、金魚に教えられて、細かい推当を重ねることで、相手が今どのようなことを感じ、考えているのかを分かるようになっていた。

けいの頭は二六時中目まぐるしく回転していて、人のちょっとした表情や仕草、言葉の選び方などがいちいち気になっていた。

昨日、壹梅堂を辞してから、藤五郎に何があったのか――？

それを考えながら、けいは帰り道を辿る。

だから、声をかけられるまで周囲のことが見えていなかった。

「おけいちゃん」

はっと顔を上げると、口元に笑みを浮かべた金魚と只野真葛が立っていた。

「金魚ちゃん、真葛ちゃん……。どうしたんだ？」

空は茜に染まっている。

こんな刻限に、壹梅堂の近くで金魚と真葛に会うということは――。

「亡魂の謎が解けたのか？」

けいはおずおずと訊いた。

「いや。どうにも推当が進まなくってね――。音は聞いたが、亡魂を見ていない。だったら亡魂を見てやろうと思ってさ」

「わたしは金魚のお手並み拝見でね」

真葛が言う。

「そうなのか――。けれど、今夜現れるとは限らないぞ」

「昨夜《ゆんべ》は出たのかい？」

「出たそうだ」

「そうかい。まぁ出るか出ないか、今日は壹梅堂に泊まり込んでみるよ」

「なにか分かったら教えてくれ」

「おけいちゃんも泊まるんだよ」

「え？」

けいは眉根を寄せた。

「おっ母さん、お父っつぁんの許しは得てきた。さぁ、行こう」

金魚はけいの手を取って、壹梅堂に向かった。

暖簾をくぐると、前土間や板敷にいた番頭、手代たちが怪訝な顔をした。今帰ったばかりのけいが、金魚に手を引かれて再び現れたからである。

「一泊させてもらうよ。梅太郎さんには内緒にね」

金魚は言って、通り土間から母屋に入った。慌てて手代の新吉が後に続いた。

廊下を進み、金魚は梅太郎の部屋の手前の座敷に入った。

「新吉。旦那を呼んできておくれ。梅太郎さんには気づかれないようにね」

廊下に突っ立っていた新吉は「はい……」と答えて、不安そうな顔で奥へ向かった。

「おけいちゃんは、まだ亡魂が本物かどうか迷っているのかい？」

金魚は座りながら訊いた。

「うん」

けいは金魚に向かい合って座る。

真葛は金魚の隣に座った。

「今夜はわたしも一緒だ。本物の亡魂はちゃんと見分けられる。亡魂が本物なのに金魚がなんやかやと屁理屈をつけたら、わたしが論破してやるから安心しろ」

「うん」

けいは肯いた。

廊下に足音が聞こえ、藤五郎が「失礼いたします」と言って座敷に入って来た。

「今日は、亡魂に詳しい只野真葛先生をお連れしたよ」

金魚は言った。

「左様でございますか。それは心強うございます」

藤五郎は言って頭を下げた。

「おけいちゃんの両親には今夜はここに泊まると話してある。頃合いを見計らって、庭に身を潜めるから、くれぐれも梅太郎さんには気づかれないようにね」

「承知いたしました。お食事も、床を延べるのも、気づかれないよう配慮いたしします」

　藤五郎はそう言うと座敷を辞した。

「もし、亡魂が偽物であったとしたら、金魚が動き出したことで警戒するのではないか？」真葛が言った。

「とすれば、お前が泊まり込むことになったと知れば、偽亡魂は出ぬやもしれぬぞ」

「真葛ちゃんは、梅太郎の母さまの亡魂は偽物だと考えているのか？」

　けいは驚いた顔をした。

「わたしとて、世の中の怪異全てが、亡魂や物の怪の仕業だと思っているわけではない。何からなにまで信じ込む者は危うい。いずれ誰かに騙されて大金をかすめ取られることになる。本物の怪異は百に一つ二つというところであろう。しかも、梅太郎の母の亡魂は、梅太郎と話をするという。現世《うつしよ》のものと隠世《かくりよ》のものと意思の疎通ができるというのは、極めて稀だ――。もし、梅太郎の母の亡魂が本物であるとすれば、希有な例だ。わたしとしては、本物であって欲しいと願う」

「なるほど――。人の言葉を話す亡魂は珍しいか」

　けいは腕組みして肯いた。

「珍しい。わたしは人の言葉を話す本物の亡魂に出会ったことはない。たいてい、呻き声や泣き声、喋ったとしても意味不明の音の羅列――。これは、現世と隠世を作る理屈の違いであって――」

「講釈は結構だよ」金魚は顔をしかめて手を振った。

「ともかく、亡魂が現れれば本物か偽物か分かるんだ。後から貫兵衛と又蔵が庭に忍び込んでくる。偽物ならばとっ捕まえて化けの皮をひっぺがすって手筈さ」

「そうか。貫兵衛と又蔵も来るか」けいは落ち着いた顔で肯いた。

「本物にしろ偽物にしろ、正体が分かるのが楽しみだ」


夕餉をとった後、長い沈黙が続いた。

真葛は座ったまま、こっくりこっくりと居眠りを始めた。

金魚は新吉に煙草盆を持ってこさせ、煙管をふかし続けているので座敷の中は微かに白く煙っていた。

けいは目を閉じていたが眠ってはいなかった。

おそらく金魚ちゃんはわたしを疑っている――。

けいは思った。

しかし、証がない。だから、梅太郎の母の亡魂を捕らえて、口を割らせようと考えている。けれど、それはできない。

なぜなら、今夜亡魂は現れないからだ――。

金魚ちゃんを巻き込んでしまったのは申しわけないが、仕方がない。わたしと金魚ちゃんが知り合って、わたしと梅太郎が知り合ってしまったのだから、こうなることは最初から分かっていた。

ならば、わたしは最後まで嘘をつき通さなければならない。梅太郎のためにも――。

金魚ちゃんが亡魂の正体を確かめるために泊まり込むことになったら、亡魂は出ない。そう取り決めをしてあった。

だから、金魚ちゃんはいつまでも証を得ることはできない――。

しかし、もし貫兵衛や又蔵が、亡魂が出る日に壹梅堂に忍び込んだら、亡魂の正体を知られてしまう。

だが、まず金魚ちゃんが自分の目で亡魂を確かめようとするのが先。そして、自分がいれば亡魂が現れないと分かってから、貫兵衛や又蔵を使う。そういう順番のはずだ。

貫兵衛と又蔵の心配をするのは、明日の晩からでいい。

いざとなったら、金魚ちゃんに全て話して、こっちの味方になってもらう。

なぜ金魚ちゃんに話さなかったかと言えば――。

まず、話せば反対されるだろうということ。大人には、子供の気持ちが分からないから。それも、世の中の地獄を味わってきただろう――けいは具体的にどのようなことであったか想像もつかないのだが――金魚ならば、鼻先で笑ってしまいかねないと判断したからだった。

そしてもう一つ――。

けいは頭に浮かんだそれを、無理やり元の場所に押し込んだ。

ともかく、今夜を乗り切ればいい。

「金魚ちゃんはどう読んでいるんだ？」

沈黙を破ってけいは訊いた。

「亡魂が出てから聞かせてやるよ」

返事は素っ気ない。

もしかすると、この件で金魚との間に溝ができてしまうのではないかとけいは感じて、背中に寒いものが走った。

しかし、今さら仕方がない。また前と同じ暮らしに戻ればいいのだ。金魚との関係よりも、ともかく、梅太郎を守らなければならない――。

「おけいちゃん。あんた、あたしをどう思っている？」

「大切な友だちだと思っている」

直前まで考えていたことが、返事に影響を与え、けいは少し焦った。金魚が求めていた答えは、はたしてその言葉で正しかったのか――？

「友だちならば、困っている時には相談するよね」

金魚は煙管の火皿に煙草を詰める。

けいは返事に窮する。迷いが小さな間になって表れ、けいは答える。

「相談できることとできないことがある、と思う」

「なるほどねぇ。確かにそうかもしれないね」金魚は煙を吐き出した。

「けれど、相手は水臭いって思うんだよ」

相談するとなれば、心の中を全てつまびらかにしなきゃならないじゃないか――。

けいは唇を嚙みかけて、堪《こら》えた。

金魚の前身は吉原の女郎であった。身請けされて苦界を出て、囲ってくれた旦那が死んで戯作者として暮らすようになった。

女郎であったということはつまり、幼い頃に親に売られた――。

子供を売るような親に育てられたのであれば、その愛を知ることはなかったろう。

金魚に真実を告げなかった理由のもう一つはそれであった。

母を愛する子供が、母を喪《うしな》ってしまったら――。

梅太郎の母の死を知った時、他人の気持ちを慮ることが苦手なけいでも、自分に置き換えて全身に震えが走った。

その思いが、金魚に理解できるのか――？

しかし、それを金魚に語ることがどれだけ残酷であるか、けいは推当で理解した。

けいは幾つもの悩み、苦しみを抱いて、この〝計略〟を進めていたのであった。

亡魂でもいいから、おっ母さんに会いたい――。

母を喪って、しばらくは呆然としていた梅太郎は、感情が高ぶると、ところかまわず泣き崩れたという。

そして、梅太郎の悲しみばかりではない――。

けいは、頭の中に渦巻く思いを消し去るように強い口調で訊いた。

「金魚ちゃんは、水臭い友だちは嫌いか？」

「まぁ、たいていは相手のことを思いやって、悩みを打ち明けられないってことが理由だから、嫌いにはならないけどね」

「そう……」

けいは小さく息を吐く。

「こんなことを言えば怒るかもしれないけどさ。亀の甲より年の功って言葉を知ってるだろ。人は生きてるだけで、年々賢くなるものさ。色んなことを経験するからね。経験ってのは、頭の中で考えるよりも、様々なことを教えてくれる。あんたよりあたし。あたしよりそこで居眠りしてる婆ぁの方がずっと多くのことを経験している。それに、そこいらの下らない奴らよりもずっと度量は広いつもりだよ」

だから、なんでも相談しろってことか。金魚ちゃんはもう、〝詰み〟だと思っているようだね――。

「そうだね。相談しなければならないことができたら、そうするよ」

けいは真っ直ぐ金魚を見て答えた。

金魚はふっと苦笑する。

「意地っ張りだね」

「金魚ちゃんに言われたくない」

けいはすぐに返した。

「隙だらけのように見えて、駒の進む道は全て塞がれている。そういうことだってあるんだからね」金魚は煙を吐き出した。

「完膚無きまでに叩きのめされる前に白旗を揚げるってのも、賢い手だよ」

と金魚が言った時、居眠りをしていたかに見えた真葛が口を開いた。

「そろそろ頃合いじゃないか」

真葛はしゃんと背筋を伸ばし、金魚の前から煙草盆を引き寄せ、美味そうに一服吸いつけた。

「それを吸ったら、外に出ようか」

金魚は肯いた。

七

金魚と真葛、けいは中庭の植え込みの陰に身を隠した。梅太郎の座敷は雨戸が閉じている。

最初は、金魚が手を回して亡魂が現れるのではないかと気を揉んでいたけいであった。しかし、半刻《はんとき》（約一時間）ほど待っても亡魂は現れない。

「おけいちゃん。どう始末をつけるつもりだったんだい？」

耳元で金魚が言った。

けいはぞっとした。

やはり金魚はすべて推当てていたのだ。

そして、自分の最大の悩みまで――。

梅太郎の母の亡魂をいつまで出現させるか――。

その頃合いが分からない。

そして、どうやって区切りをつけるか、その方法が分からない。

けいが金魚の言葉に焦っていると、離れの辺りに白い人影が現れた。

今夜は来るはずのない梅太郎の亡魂を演じている女、もとであった。

手筈が狂ったか――。

それとも、金魚ちゃんが仕掛けたか――。

もし金魚ちゃんがなにか手を使ったのだとすれば、さっき言っていた『隙だらけのように見えて、駒の進む道は全て塞がれている。そういうことだってある』はこのことか――。

雨戸が開いた。添い寝役のきちである。

きちはすぐに座敷に戻って、梅太郎の体を後ろから抱いた。

雲が流れ、月を覆い隠した。

中庭は、青みがかった灰色の影に覆われた。

「雲がいい芝居をしてくれたね」

金魚が囁く。

もとはゆっくりと梅太郎の方を向いた。

雲の影がその顔形をぼやけさせた。

「おっ母さん……」

初めて自分の方を向いてくれた母に、梅太郎は呼びかける。

「梅太郎さん。今日はお別れに来ました」

「えっ……」

梅太郎は思わず声を上げた。

けいもまた、声をあげそうになった。

けいの筋書きにはない台詞であった。

「梅太郎さんが気の毒で、『いつまでも一緒にいる』と言い続けてきましたが……。黄泉の国の約束事では、四十九日を過ぎた霊は、黄泉路を辿って修行に赴かなければならないのです。けれどわたしは、梅太郎が愛しくて愛しくて、閻魔《えんま》さまのお許しを得て、今日までここへ通って来ました。いつまでもそばにいたい気持ちは変わりません。けれど、もう今夜は旅立たなければなりません」

「嫌だ……。おっ母さん……」

梅太郎は座敷を這い出そうとする。きちがそれを必死で抱き留める。

「離せ！　おきち！」

梅太郎は暴れた。

きちは腕に力を込め、必死に首を振った。

「きちを恨んではいけませんよ。母と同じに、梅太郎さんのことを愛おしく思っているのです――。梅太郎。世の中に母を喪った子供は数多《あまた》いますが、その亡魂と話ができる者はまずいません。それを許してくれた閻魔さまに感謝して、これからを生きるのですよ」

「おっ母さん……」

梅太郎は泣き始めた。

けいは歯を食いしばり、両手を強く握りしめ、その光景を見つめた。

この結末は、当然予想していたし、いつかはこの日が来なければならないことも分かっていたが、けいは決断できずにいたのだった。

もし自分ならば、夜毎訪れる母の亡魂を唯一の楽しみとしたろう。そういう思いから抜け出せなかったのである。

「それでは梅太郎さん。今生《こんじょう》のお別れです」

もとは言うと、梅太郎に背を向けて歩き出した。

「おっ母さん！」

梅太郎は激しく暴れて、きちの手から逃れ、庭に飛び出した。

「あっ……」

声を上げたけいの口を、金魚が押さえた。

けいは金魚を見上げる。

金魚は静かに微笑んで肯く。

庭に駆け出した梅太郎はもとの後ろ姿を追う。

梅太郎の目の前に、三つの人影が割り込んだ。

梅太郎はぎょっとして立ち止まった。

白い死に装束を纏った三人の男、貫兵衛、又蔵、そして本能寺無念であった。

本物の亡魂騒ぎじゃないんなら、一肌脱いでやるぜということで、貫兵衛、又蔵と共に庭に潜んでいたのである。

梅太郎は、三人の死に装束に飛びかかった。

「おっ母さんを連れて行くな！」

拳を振り上げたが、あっけなく三人に取り押さえられる。無念がその体を担ぎ上げた。

「離せ！」

梅太郎は暴れ、拳で無念の背中を叩き、ばたつかせた足で腹を蹴った。

無念は顔をしかめて声を出すのを堪えている。

金魚は笑い出したくなったが、真剣な表情で梅太郎を見つめるけいの手前、奥歯を食いしばって我慢した。

無念は縁側にいたきちを押しのけるようにして座敷に入り、夜具の上に梅太郎を放り投げた。

「うっ……」

梅太郎は唸って息を詰めた。

無念と貫兵衛、又蔵は急いで庭を走り、塀を乗り越えて外に逃げた。

梅太郎は起きあがって庭へ走る。

しかし、もうすでに母の姿はなかった。

「おっ母さん！」

梅太郎は庭に座り込んで大声で泣き出した。きちが駆け寄って梅太郎を立たせ、膝についた土埃を払い、座敷に連れて行った。

雨戸を閉めるきちの頬は涙で濡れていた。

「さぁ――」金魚はけいの腕を取る。

「今度はこっちの始末をつけるよ」

けいは怯えた目で金魚を見上げた。

八

金魚と真葛、けいは離れの濡れ縁から母屋へ向かった。

廊下を進むと、障子から明かりが漏れる座敷があった。

金魚は障子を開ける。

座敷には十数名の男女が神妙な顔で座っていた。藤五郎をはじめとする、壹梅堂の者たちである。きちは梅太郎の世話をしているから、その座敷にはそのほかの全員が集まっていたのだった。中には、梅太郎の叫びが聞こえていたのだろう、手拭いで涙を拭う者もいた。

「さて、ご一同お揃いだね」

壹梅堂の者たちと向かい合って、金魚と真葛が座る。

「わたしはあっちだ」

けいは言って、金魚と真葛から離れ、藤五郎の横に座った。

「女将さんの亡魂の謎解きをしようじゃないか」

と金魚が言った。

「もったいぶるな」真葛が舌打ちした。

「この連中は全部分かっているんだ」

「そうだよね。あんたら全員がぐるになって、梅太郎に母の亡魂を信じさせた。おけいちゃんが、見張りの順番を決めて付けておいた帳面を見れば、全員が結託していたってことは一目瞭然だった。あんたらの計略があまりにもお粗末だったから、おけいちゃんが知恵を貸したってところだろう」

「そのとおりでございます――」藤五郎が言った。

「亡魂でもいいから母に会いたいと嘆き悲しむ梅太郎を見ていられなかったのでございます。だから、奉公人に頼んで、物陰から声を聞かせることにいたしました。最初は信じていた梅太郎は、しばらくすると疑うようになりました。そんな時、おけいさんが梅太郎から話を聞き、わたしどもを訪ねていらっしゃいました」

「おけいちゃんに――」真葛が言う。

「全てを推当てられて、素直に白状し、相談したってわけだね。それで、おけいちゃんが力を貸してくれた」

「左様でございます。おけいさんに罪はございません。全ては、親馬鹿のわたしのせいでございます」

「わたしも同様でございます」

奉公人たちが口々に言って、一斉に金魚に平伏した。

「他人さまの家の、子供の育て方にとやかく言うのは出過ぎたことかもしれないけれど――」と、金魚は言った。

「梅太郎が不憫だからって気持ちは分かる。けれど、やり方を間違えちゃいないかい？」

「梅太郎は、母さまの亡魂が来てくれることで、心の落ち着きを保っていたんだ」けいが言った。

「それが、父さまのやり方がまずいもんだから、だんだん疑うようになっていた。だからわたしが手助けしたんだ」

「そのせいで止《や》め時を失ったと思わないかい？」

金魚が言う。

「止め時を失った――？　わたしのせいで？」

「そうだよ。人の心は傷ついても癒える。梅太郎がおっ母さんの亡魂を疑い出したのは、そういう時期じゃなかったのかね」

「……そんなこと、分からないよ」

けいは苦しそうな顔をした。

「今、覚えたろ。そうやって人は賢くなっていくんだよ」金魚は微笑む。

「おけいちゃんは今度のことで、梅太郎の悲しみを自分のことのように受けとめ、なんとかしてやろうと思った。それから、梅太郎の悲しみを見ていられなかった壹梅堂の人たちも助けてやりたかった――」

金魚の言うとおりだった。自分が力を貸せば、梅太郎ばかりではなく、壹梅堂の人たちも幸せになると思った。

しかし、それが浅はかなことであったことを、けいは強く感じていた。膝の上の手を握りしめる。

「だけどね、おけいちゃん。子供っていうのはさ、心にも体にも幾つも傷を負って大人になっていくんだ。そうすることによって、怪我をしない方法を学ぶし、傷の痛みに耐えることを覚える。そして、逝《い》った者たちは美しい思い出になるんだよ」

真葛が後の言葉を引き継ぐ。

「もし、傷の痛みを知らずに育てば、その子はとても弱い大人になる。ちょっとした傷でへこたれ、心も折れて、生き続けることを諦める者もいる。大怪我をしそうな時には、もちろん助けてやらなければならないが、普通の者が必ず出合う痛みは自らの体と心で受けとめなければならぬ」

金魚は真葛に肯き、藤五郎に顔を向けた。

「辛いことから逃げ回ってばかりいれば、役に立たない大人になっちまうよ。育てる側はそういう匙加減をきちんとやってやらなきゃならないんじゃないかい？」

「仰せのとおりでございます」絞り出すような声で言い、藤五郎は平伏した。

「これから先は、そのお言葉を肝に銘じ、梅太郎を育てて参ります」

藤五郎の言葉に肯き、金魚はけいに顔を向けた。

「さて、おけいちゃん――。もしかするとおけいちゃんは、辛い子供時代を過ごしたあたしは、親への思慕の思いが薄いと思っているかもしれない」

図星を指されてけいは言葉に困った。

それは口にしてはならないことだと思っていたからだった。

「きっとおけいちゃんのことだから、あたしに悪いと思って言い出せなかったかもしれない。けど、親への思いが薄いってのは誤解だからね。好んで子供を手放す親は少ないんだよ。あたしにも、温《あった》かい親との思い出がある」

なぜ子供を愛しいと思っているのに他人に売るのか——。それを訊きたかったが、この場で問うことではないと思い、けいは肯いた。

「納得いかないようだね。ならば、そのことについては、後からゆっくりと話そうじゃないか。ともかくあたしは、梅太郎やおけいちゃんの思いはよく分かる。けれど、おけいちゃんも梅太郎も、今度のことで色々と学んだ。それはいいことなんだよ。胸の痛みは、一つ賢くなった証さ」

「一つ大人になった証とは言わないんだね」

「大人にも賢い者も愚かな者もいるからね」

金魚の言葉に、壹梅堂の者たちは俯いた。

「おけいちゃんはこれから、あたしを信じてなんでも相談すること。いいね」

「わたしでもよいぞ」

と真葛が言った。

「婆ぁは仙台に行ってたじゃないか。遠いところへ行ったり来たりする奴はあてにならないね」

「なにを申す。わたしはお前に大役を仰せつかったから出かけたのだぞ」

真葛は口を尖らせた。

「おーい」

と、外から声がした。

「終わったんなら、さっさと帰ろうぜ」

無念の声であった。

金魚と真葛、けいは顔を見合わせて笑った。

「さて、これで一件落着でいいね？　今夜のことはみんな知らぬ存ぜぬで通すんだよ。気が咎めるなら、梅太郎が分別がつくようになったら話してやりな。その頃にはいい思い出、笑い話になっていようから」

壹梅堂の者たちは再び平伏した。

「さぁ、おけいちゃん、行くよ」

金魚は立ち上がってけいに手を差し出す。

けいは金魚に駆け寄ってその手を握った。

真葛が反対側に立ってけいの手を握る。

そうして三人並んで、座敷を出た。

眠そうな顔をして金魚たちは薬楽堂に向かう。町はすでに棒手振《ぼてふり》たちが駆け回り、店の前では小僧たちが掃除を始めていた。

無念、貫兵衛、又蔵は普段着に着替え、死に装束は手に持った風呂敷に収めていた。

無念の頬には梅太郎に引っかかれた爪の痕が数本の赤い筋になっている。

「見方によっちゃあ、色っぽい傷だねぇ」

金魚は無念の頬を見てくすっと笑う。

「ああ、なるほど」無念は頬の傷にそっと触れて、顔をしかめる。

「そう言って、女たちをやきもきさせてやるって手もあるな」

無念は色男を気取って金魚に流し目をくれる。

「そういうことは、女を見つけてから言いな」

金魚はつんと顎を反らす。

「なぜ女は無念の頬っぺたの傷を見てやきもきする？」

けいは金魚を見上げた。

「別の女に引っ掻かれたと思うからさ」

「無念はそれのどこが面白いんだ？」

けいは前を歩く無念に訊いた。

「大人の男ってのはね――」金魚が言う。

「女に引っ掻かれて痛い思いをして女を学ぶんだよ。無念はまだまだ引っ掻かれ足りないようだけどね」

「ふーん。無念は勉強不足か。戯作といっしょだな」

けいが言うと、無念は頰を膨らませた。

「てやんでぇ――。腹が減ったから、朝飯を食っていこうぜ」

と無念は、小僧が暖簾を出している飯屋に足を向ける。

「壹梅堂に出させりゃよかったですね」

又蔵が言った。

「そんなしみったれたこと、できないよ」金魚は言って、暖簾をくぐる無念に声をかける。

「ねぇ、無念。あんたの奢りだよね」

無念は暖簾をたくし上げた格好で振り返り、

「てやんでぇ！」

と返し、飯屋に入った。

金魚、真葛、けいは繋いだ手を振りながら、貫兵衛と又蔵は財布の中身を確認しながら、無念の後に続いた。

怪《あや》しの進物《しんもつ》

谷川のみなもと

一

本能寺無念《ほんのうじむねん》は目を覚ますと、薬楽堂の中庭に面した障子を見る。明るい光を滲ませて、とてもいい天気であることが分かった。

明け方近くまで草稿を書いていたからもっと寝ていたかったが、明るさが邪魔をした。

無念は一声「うーん」と唸ると、ぼんやりした格子模様の影が落ちる夜具を抜け出す。枕元の煙草盆を取り、這って障子に向かい、開け放った。

隣家の屋根の上に顔を出したお天道さまが寝不足の目を射て、無念は思わず目を細めた。

のろのろとした動きで火付け道具を出し、煙草盆の火入れの炭を熾《おこ》す。

木の煙草入れの蓋を開けて、残り少なくなった煙草を煙管に詰めた。一服吸って、煙を青空に向けて吐き出した。

寝起きの一服と飯の後の一服は格別である。思わず、無精髭に覆われた口元が緩む。

もう一服煙を吸い込みながら、中庭をぐるりと見回す。と、摺りの仕事が佳境に入った時に使う小屋の脇、躑躅《つつじ》の植え込みのそばに、小さく白い物を見つけた。

四角い箱のような物。青い絹の組み紐で括《くく》ってある。

無念は沓脱石《くつぬぎいし》の草履を突っかけて、躑躅の植え込みへ歩いた。

しゃがんで箱のような物を取り上げる。それは紙包みであった。軽く、柔らかい。指先に伝わる感触に覚えがあり、無念は包みを鼻に近づけた。

煙草のにおいがした。

無念は包みを持って縁側に戻り、紐を解いた。畳まれていた紙が反《そ》って、袋の口が姿を現す。中には髪の毛ほどに刻まれた煙草の葉が見えた。

もう一度においを嗅ぐ。甘さと酸っぱさが一体となった、馥郁《ふくいく》たる香り。無念がいつも吸っている煙草よりも高級なものであることが分かった。

「なんでこんな物が」

誰かが庭に放り込んだのか――？

無念は煙草の包みを縁側に置いて、塀の前まで走る。飛び上がって板塀に手をかけ、体を持ち上げる。そして、小路を見下ろした。

人の姿はない。

無念は縁側に戻って煙草の包みの前に座り込み、腕組みをしてじっと見つめた。推当《おしあて》を巡らせる。

小路を通っていた者が、買ってきた煙草を放り投げながら弄《もてあそ》んでいた。ちょっとした弾みで、それが薬楽堂の中庭に落ちた――。

とすれば、落とした奴はすぐに店に入って、清之助《せいのすけ》あたりに「かくかくしかじか」

と理由を説明し、包みを取ってきてもらうに違いない。

「だったら、いつまでも中庭にある筈はねぇよな」

無念は首を傾げた。

「おう。起きたのかい」

声の方を見ると、長右衛門《ちょうえもん》が通り土間を抜けて中庭に入って来るのが見えた。

「草稿ははかどったかい」

長右衛門は紙包みに気づいて「なんだいそりゃあ」と言いながら縁側に座り、それを手に取る。

「上物の煙草じゃねぇか。こんな贅沢なものを買って来たのか?」

「そこに落っこちてたんだよ」

無念は躑躅の植え込みの辺りを指差した。

「へぇ。誰かが、持っているのを見つかるとまずいので、投げ込みやがったか」

「持っているのを見つかるとまずいってなんでぇ?」

「阿芙蓉《あふよう》（アヘン）でも混ざっているんじゃねぇか?」

阿芙蓉と聞いてぎょっとした無念はもう一度においを嗅いだ。

「変なにおいはしねぇぜ」

「お前《め》ぇ、阿芙蓉のにおいなんか知ってるのか?」

「知るわきゃねぇだろう。大旦那は?」

「右に同じだ――。だが、確かに変なにおいはしねぇな」長右衛門は無念に顔を向けて声をひそめる。

「吸ってみるか？」

「なんだかおっかねぇな」

「じゃあ、丁半《ちょうはん》で決めようぜ」

長右衛門は棚から賽子《さいころ》を二つ取った。

「なんで丁半なんだよぉ。二人で吸やあいいじゃねぇか」

「阿芙蓉を吸うとおかしくなるって言うじゃねぇか。だったら一人は吸わずに、もう一人がおかしくなったら取り押さえるって手だよ」

「ああ、なるほど」

無念は肯いた。

長右衛門は掌の上で賽子を転がす。

「半か丁か」

「半っ！」

無念は叫ぶ。

「じゃあおれは丁だ」

長右衛門は賽子を畳の上に放った。

一度、二度と小さく弾みながら、二つの賽子は転がり、二と六の目が出た。

「二六の丁！　おれの勝ちだな」長右衛門はにやりと笑う。

「ほれ、吸ってみろ」

長右衛門は煙草の紙包みを無念の方へ押す。

「だ、だけどよぉ。おれが暴れ出したら、大旦那はとめられるのかい？」

「うーむ」

長右衛門は唸る。

「だったら、試し吸いは大旦那の役目だろうが」

無念に言われ、長右衛門はぶつぶつと文句を言いながら、腰差しの煙草入れを抜き、煙管を出す。そして、包みから刻み煙草を一摘《ひとつ》まみ取って小さく丸め火皿に詰めた。

煙管をくわえ、煙草盆を持ち上げ、火皿を火入れの炭に近づける。一、二度吸い込むと、煙草に火が移った。

長右衛門は吸った煙をしばらく胸に留めて、目を閉じる。そして、鼻と口から長く煙を吐き出した。

「どうでぇ？」

無念は長右衛門の顔を覗き込む。

「美味《うめ》ぇ煙草だ」

長右衛門はもう一服、煙を吸い込む。

「変な感じはまったくしねぇ」

「どれどれ」

無念も包みから煙草を取って吸いつけた。

「ほんとだ。美味ぇ煙草だ」

その時、通り土間から金魚《きんとと》が現れた。

花入り翁《おきな》格子の単衣《ひとえ》に紬《つむぎ》八寸の帯。煙草入れは芥子《からし》色の天鵞絨《ビロード》で、しゃがんだ唐子《からこ》が菊を見つめる前金。

「なんだい。仲良く並んで座って」

と笑った金魚は、くんくんと鼻をうごめかせた。

「谷川煙草なんて吸ってるのかい。なにかいいことでもあったのかい？」

「煙のにおいだけで銘柄を当てるなんてさすがだな」

長右衛門が言う。

「楽しみに喫《の》む煙草ぐらい、いい奴を吸わないとね。色々と試してるんだよ。草稿を書いてる時にゃあ、味なんかどうでもいいから安煙草だけどさ」

「これは谷川煙草って言うのか」

無念は自分の煙管を眺める。

「摂津国《せっつのくに》の煙草さ。摂津国は服部煙草が有名だけど、これは知る人ぞ知るいい煙草なんだよ。知らないで吸ってたのかい？　誰かからのもらい物かい？」

金魚は無念の横に座った。

「庭に落ちてた」

無念は煙草が落ちていた辺りを指差しながら、ゆっくりと煙を吸い込み、口の中で煙を転がしてから吐き出す。

「拾い食いならぬ拾い喫みかい。犬猫みたいじゃないか」

金魚は顔をしかめた。

「犬猫は煙草を喫まねぇよ」

長右衛門は灰を捨てて新しい煙草を詰める。

「なんでこんな物が落ちてたのかねぇ」

金魚は包みを取り上げて子細に眺める。

「けっこう上等な紙を使ってるじゃないか。組み紐も上等。谷川煙草もそこらの小さい店が扱っているもんじゃないが、これは日本橋辺りのそこそこ大きなお店《たな》の品物だね」金魚は言葉を切って、二人を見る。

「谷川のみなもと、調べてやろうか?」

「なぜこの煙草が薬楽堂の中庭にあったのか、か?」

無念が訊く。

「気になるだろ」

「そりゃあ、ちょっとばかり気味が悪いが――」

長右衛門が言った。

「気味の悪いものをよく吸ってるね」金魚は呆れた顔で言う。

「意地汚い野郎どもだよ――」金魚は無念が指差した辺りまで歩き、塀との距離を観察する。

「塀からさほど離れていないから、力を入れて投げ込んだんじゃないね。ぽいっと、投げ入れた」

「それじゃあ、持っていちゃまずいから捨てたって線は消えるな」

無念は長右衛門を見てにやっと笑った。

「そんな下らない推当をしたかい。こいつは誰かが薬楽堂の誰かに気づいてもらおうと思って投げ入れたんだよ」

「贈り物だってのかい？」無念は片眉を上げげた。

「それだったら、堂々と店に来て手渡せばいいじゃねぇか」

「姿を見られたくねぇ誰かかもしれねぇぜ。たとえば、あやかしとか」

「ばかじゃねぇのか。あやかしがなぜ煙草の贈り物なんかするかよ」

「日頃のおれの行いを褒めてさ」

長右衛門は自慢げに胸を張る。

「褒められるようなことなんざ、一つもしてねぇじゃねぇか。大旦那は罰《ばち》が当たる方だぜ」

「程度の低い言い合いはやめな」金魚は顔をしかめて包みと組み紐を手に取った。

「ちょっとばかり、日本橋界隈を歩いて来るよ」

「その煙草、どうするんでぇ？」

無念は、包みを組み紐で結び始めた金魚を心配そうに見た。

「ちょいと借りて行くよ」

金魚は包みを袂《たもと》に滑り込ませて立ち上がり、通り土間の方へ歩く。

「全部吸っちまうんじゃねぇぞ！」

「ちゃんと返せよ！」

無念と長右衛門の声がその背中を追い掛けた。

二

金魚はまず、日本橋に近い室町の摂津屋《せっつや》という大きな煙草屋から当たった。谷川煙草が摂津国の産であるからであった。

〈長命草《ちょうめいそう》〉と書かれた大きな煙草葉の形をした看板が掛かる摂津屋は、大名や旗本、大店との取引をする店である。長命草とは煙草の別名で、当時煙草は長生きの薬とも言われていた。

金魚が暖簾《のれん》をくぐって前土間に入ると、『場違いなところへ入ってくるな』と言わんばかりの奉公人たちの視線が集まった。

「なんだい。嫌な店だねぇ」金魚は大きな声で言った。「今売り出し中の戯作者、鉢野《はちの》金魚さんを知らないかい。お高くとまった商売をするんなら、こっちも考えがあるよ」

中年の番頭が慌てたように金魚の元へ駆け寄った。

「これは失礼いたしました。いつも読ませていただいておりますが、お顔を拝見するのは今日が初めてでございまして……」

「そうかい。それは仕方がないねぇ――。実は、落とし物を拾ってさ。においを嗅いだら、谷川煙草だ。こいつは摂津屋さんが扱ってる品物かい？」

金魚は袂から煙草の包みを出す。

「さて――」番頭は受け取った包みを眺める。

「おそらくこれは、本町の長命堂《ちょうめいどう》さんの品物だと。組み紐の方は後からつけたものと思いますが、包みは長命堂さんが使っているものと同じでございます」

「組み紐は違うかい――」

「長命堂さんも、手前どもも、包みを縛るのには水引を使います」

ということは、わざわざ組み紐で縛り直してから庭に放り込んだってことか。なぜそんなことをしたのか――。

「ありがとうよ。次は煙草を買いに来るからね」

金魚は言って色っぽい手つきで番頭の胸に触れると、店を出た。

長命堂は本町二丁目。道を少し戻った辻を左に曲がったところにある。

摂津屋よりも小さい店であったが、大店の奉公人らしい者や、身なりのいい町人たちが、煙草を物色していた。

「ごめんなさいよ」

金魚が声をかけると、愛想のいい手代がすぐに寄ってきた。

「実は、この煙草を拾ってね。値の張る谷川煙草だから、落とし主はさぞかしがっかりしていると思ってさ――」金魚は煙草の包みを差し出す。

「今、摂津屋さんに行って訊いたら、この包みは長命堂さんのものだと言ってたんで訪ねて来たんだよ」

「失礼して、包みを開けてもようございますか？」

「構わないよ」

手代は紐を解いて包みを開け、においを嗅ぎ、刻み煙草に指を触れた。

「乾き具合から、刻んで二日でございますね。二日前に谷川煙草をお求めの方はさほど多くはございません。こちらでお預かりして、落とし主を調べてお届けいたしましょうか？」

「いや。あたしが届けに行くよ」

金魚が言うと、手代は警戒の表情になる。

「その煙草を使って拾ってやった駄賃をもらおうなんてことは考えちゃいないよ」

「ですが、お客さまのお宅をお教えすることはできかねますが——」

手代は警戒を解かずに、しかし気の毒そうな口調で言った。

金魚は素直に引き下がることにした。あまりしつこくすると、ますます警戒される。

「そうかい。それじゃあ預けていくよ。よろしく頼むね」

「ちゃんとお届けしたことはお知らせいたしますから、よろしければ、あなたさまのおところを——」

「通油町の草紙屋薬楽堂。金魚って言えば繋いでくれるよ」

「ああ、戯作者の鉢野金魚さまで——。これは失礼しました。手前は長命堂の手代、喜助《きすけ》でございます。高名な戯作者さんでも、お客さまのお住まいをお教えすることはできませんので、お許しくださいませ」

喜助は慇懃《いんぎん》に言った。

「いいよ、いいよ。それじゃあよろしく頼むね。煙草は乾いちゃ不味くなるから、すぐに届けておくれよ」

金魚はにっこりと笑って店を出た。

そして、出入り口が見通せる路地に身を隠す。

すぐに喜助が出て来た。手に合切袋《がっさいぶくろ》を持っている。

金魚は路地から出て、少し距離をとり後を追った。

喜助は小走りに十軒店本石町との辻に出ると、左に曲がった。

そして本銀町の呉服屋山野屋《やまのや》に入る。すぐに出てきて、近くの鉄砲町の小間物問屋京屋《きょうや》、堀江町の料理屋末広屋《すえひろや》に入ったが、首を傾げながら通油町の方へ歩いて行く。

「ってことは、どこでも煙草の落とし物はしていないと言われたか」

金魚は呟くと裏道を通って薬楽堂へ急いだ。

煙草を買った山野屋、京屋、末広屋の誰かが嘘をついているということか。そして喜助は落とし主が見つからなかったので、金魚へ煙草を返すために薬楽堂に向かっている——。

金魚は裏口から薬楽堂の中庭に入った。中庭の縁側では、無念と長右衛門がまだ煙草を吹かしながら雑談していて、金魚の姿を見ると「どうだった？」と訊いた。

「呆れたね。あれからずっと仕事もせずに無駄話をしてたのかい」

金魚は無念の横に座った。

「どうなったか気になって仕事どころじゃねぇ」

無念はぷかりと煙を吐く。安煙草のにおいがした。

金魚はかいつまんで事情を話す。

「——すぐに長命堂の喜助が来るだろうから、あたしはしばらく前に戻って来たってことにしておくれ。あたしが喜助の後を尾行してたことはおくびにも出しちゃいけないよ」

「そんなこと分かってらぁ」

無念がそう言った時、清之助に連れられて喜助が中庭に入って来た。

「煙草はちゃんと落とし主に返ったかい？」

金魚は銀延べ煙管に煙草を詰めながら訊く。

「それが……。どなたも落とした覚えはないと仰るので……」

喜助は合切袋から煙草の包みを出した。

「それじゃあ、落とし主が分からねぇってことで、おれたちが吸ってやるから、こっちによこしな」

無念が突き出した手を急かすように動かした。

喜助は不承不承といったふうに、無念に煙草を手渡した。

「それじゃあ、誰が落としたのかねぇ」金魚は煙管を吸いつける。

「包みは、あんたのところのものに間違いないんだろ？」

「はい……。おつき合いのある煙草屋では、この包みを使っているのは手前どもだけでございます」

「知らないところなら使っているかもしれねぇと？」

無念は煙草の包みを弄びながら訊いた。

「いえ――。手前が存じ上げている煙草屋は大店ばかりでございますが、それらのお店より小さいところでは、そのような上等な包みは使わないのではないかと――」

「あんたのところから買った煙草の包みをとっておいて――」長右衛門が言う。

「別の煙草に詰め替えたとは考えられねぇか？」

「谷川煙草を扱っているのも大店ばかり。包みも同じくらい上等ですから、わざわざ詰め替えることはないかと」

「話はもっと単純だよ。あんたが回った奴の誰かが嘘をついているんだ」

金魚が言う。

「嘘をつく理由がございません」

喜助は困惑の表情を浮かべた。

「話を聞いてて、なにかおかしなことはなかったかい？　おどおどしているとかさ。あるいは、驚いた顔をしたとか」

金魚に言われて、喜助ははっとした顔になる。

「京屋の篠介《しのすけ》さんが――」

うっかり口を滑らせて、喜助は思わず口に手を当てる。

金魚は知らないふりをして、

「京屋ってどこの京屋だい？」

と訊く。

「いえ……。こちらのことで……」喜助は言葉を濁す。

「それでは、失礼いたします」

喜助は言って踵《きびす》を返す。

「もし落とし主が見《め》っかっても、おれたちが吸っちまったなんて言うんじゃないぜ」

無念が言うと、喜助は立ち止まり振り返って、

「もちろんでございますとも。手前どもの方でなんとかいたします。こちらさまは谷川煙草を楽しんでくださいまし。もしお気に召したなら、今後よろしくお願いいたします」

と答えて腰を折り、そそくさと中庭を出て行った。

「鉄砲町の小間物問屋、京屋は知ってるかい？」

金魚は無念と長右衛門に顔を向けた。

「すぐそこだから店は知ってるが、入《へえ》ったことはねぇな」

無念が言い、長右衛門が肯く。

「なんだい。これに簪《かんざし》を買ってやるとかさぁ」

金魚は小指を立て、隣の無念を肩で押した。

「てやんでぇ。閉じ籠もりっきりで草稿を書いてるんだ。女と知り合う暇なんてねぇよ」

「あたしがもらってやってもいいよ」

金魚は無念にしなだれかかって言う。

「て、てやんでぇ」

無念は顔を赤くして立ち上がり、自室に戻って障子を閉めた。

「なんだい、つれないねぇ」

金魚は閉じた障子に舌を出した。

「初《うぶ》な男をからかうんじゃねぇよ」長右衛門は苦笑いする。

「商売女にゃあ手を出すが、素人娘にはからっきしなんだよ」

「情けないねぇ」

と言いながら、金魚の顔は少し曇る。

自分でも、最近無念に馴れ馴れしくする頻度が高くなっていることに気づいていた。

そんな自分に対して、無念は距離を取りたがっているようにも思える。

金魚の前身は遊女。それは、薬楽堂の面々の中では無念と真葛《まくず》、けいだけが知っている。

無念は自分を素人として扱ってくれているのか。それとも、元遊女ということで、距離を置いているのか――。

もし後者であるならば――。

「そうだねぇ。気をつけなきゃね」

言って金魚は縁側を離れた。

頭の中から無念に対する混沌とした思いを追い払い、推当に集中した。

鉄砲町の小間物問屋、京屋の手代篠介が買った煙草を、わざわざ組み紐で縛り直し、薬楽堂の中庭に投げ込んだ。

投げ込んだのは篠介か。あるいは、篠介に煙草を買ってくるように頼んだ者か――。

なんのために？

縛った煙草の包みというのに、なにか符牒が隠されているのか？

少なくとも、薬楽堂に関わりのある者に対してなにかを伝えようとしているのだろうが、無念と長右衛門はその符牒に気づいていない。それはあたしも同じ。

清之助は煙草を吸わないし、符牒に気づいた様子もない。

旦那の短右衛門《たんえもん》はどうだろう？

金魚は通り土間から前土間に出て、帳場に座っている短右衛門に声をかけた。

「中庭に放り込まれた煙草の件は知っているかい？」

短右衛門は帳簿から顔を上げて、

「存じております。なにか分かりましたか？」

と訊く。不審な様子はない。

小僧の松吉《まつきち》と竹吉《たけきち》が近づいてきて、

「毒でも混ぜられてるんじゃないかって心配してたんです」

竹吉が言った。

その様子から、二人も関係ないと金魚は判断した。

「大丈夫だよ。あたしも吸ったが、このとおり、ぴんぴんしてる」

と言って、金魚は薬楽堂を出た。

薬楽堂に関わる者は多いが、よく出入りする者の残りは真葛とけい。
貫兵衛《かんべえ》と又蔵《またぞう》、六兵衛《ろくべえ》が目当てなら、薬楽堂ではなく住まいの方に放り込むだろう。けいについてもそうだ。頻繁に薬楽堂に現れるというわけではないし、なにより煙草を喫《の》まない。

真葛も、入り浸るというほど薬楽堂に来るわけではないし、世話になっている築地南飯田町の島本家の屋敷に放り込む方を選ぶだろう。

とすれば、薬楽堂に入り浸るあたし、薬楽堂に住む無念、長右衛門、短右衛門。清之助、竹吉、松吉の誰かに宛てた符牒であろうか――。

しかし、その意味を誰も気づかないというのはどういうことだろう。

もしかすると、ただ単に、薬楽堂の誰かに煙草をくれてやろうと考えただけではないか。贈り物の意味を込めて、上等な組み紐で包みを縛ったというのはどうだ?

「ちょいと真葛婆ぁの考えを聞いてみようかね」

金魚は先ほどから胸の奥に小さなもやもやがあることに気づいていた。それが、真葛のところを訪ねたいという思いに繋がっているようなのだが、深く考えることはしなかった。真葛に会えば、このもやもやは消える。そういう気がした。

三

築地南飯田町の御家人島本市兵衛の家の奥座敷に、金魚と真葛は向かい合っていた。

「ふむ――」

真葛は話を聞き終えて腕組みをした。

「推当を絞り込むにゃあ、まだ手掛かりが少ないんだけどね」

金魚は出された煙草盆で煙管を吸いつける。

「もし贈り物であれば、また届くであろうな」真葛は言った。

「それを待てば、手掛かりが増えよう」

「誰に宛てた物だと思う？」

「順当なのは、お前か無念の戯作を気に入っている者。しかも、随分と奥手な人物であろうな」

「直接手渡す度胸がないから、中庭に放り込んだってことか――。谷川煙草を買えるくらいの財力があるのならば、使用人に頼んで煙草を届けることもできる。それもしないのは、自分の名前を知られることさえ恥ずかしいってことだね」

「それほどの奥手、恥ずかしがり屋であれば、娘か」

「女も年を取るごとに図太くなるからねぇ」

金魚は真葛を見てにやりと笑う。

「男でも、真綿にくるまれて育てられればそうなるぞ」

「あたしか無念の戯作の贔屓《ひいき》か――」

金魚はゆっくりと煙を吐いた。

「お前は一度、贔屓に拐《かどわ》かされた」

「益屋《ますや》の慎三郎《しんざぶろう》かい」

金魚を拐かし、座敷牢に閉じ込めて自分だけの戯作を書かせようとした男である。

今は金魚の手ほどきを受けて、尾久野浪人《おくのろうにん》という筆名で戯作修業中である。薬楽堂が主催した素人戯作試合にも戯作を応募した。

「尾久野浪人よりは、かわいげのある贔屓ではないか」

「まぁ、そういうことかねぇ」

金魚は気乗りのしない口調で返した。

「しかし――」真葛は金魚を見ながら煙を吐く。

「解《げ》せぬのはお前のことよ」

「あたしがなんだい？」

金魚は小首を傾げる。

「体の調子でも悪いのか？」

「なんで？　あたしはぴんぴんしてるよ」

「ならば、なぜこのぐらいの推当が立てられぬ？　わたしなど頼りにせずとも、煙草を投げ入れたのは、京屋に関わりのある名前も知られたくないほどに恥ずかしがり屋の者であろうという考えに辿り着けるはずだ」

「ちょいとあんたの考えを聞いてみたかっただけさ」

確かに真葛の言うとおり。ここを訪ねたのは真葛の推当を聞きたかったからではなく、胸のつかえが晴れると思ったからだったが――。

もやもやは一向に晴れてくれない。

「京屋に、お前か無念の戯作の贔屓がいるかどうか確かめれば、簡単に解決することかもしれぬぞ」

「うん――。まずは、次の贈り物が届くかどうか確かめたいね」

「随分用心深いな」

「また、拐かしみたいな大事になっちゃ困るからね」

金魚は腰を上げる。

「やっぱりお前、様子がおかしいぞ。医者に診てもらったらどうだ？」

「うん――。冷える日が増えてきたから、風邪でも引いたかねぇ」

言って、金魚は屋敷を辞した。


金魚は薬楽堂の離れに戻り、真葛と話し合ったことについて語った。

「へへっ」と、無念はにやけた顔をする。

「初《うぶ》な娘がおれの贔屓だってのかい」

「あんたの贔屓と決まったわけじゃないよ」金魚はつんけんした口調で言う。

「初な娘があんたの武張った戯作なんか読むもんかい」

「そうとも言い切れねぇぜ。勇ましい男に守ってもらいてぇと夢想する娘は多い」

「あのねぇ、無念」金魚は目を細くして睨む。

「読み手ってのは、戯作の主役に作者の姿を重ねるもんだよ。だとすりゃあ、あんたの姿を見た途端、百年の恋も冷めちまうよ」

金魚の言葉に、無念は慌てたように無精髭が浮いた顎を撫で、着た切り雀で汗くささが染み込んだ単衣の袖を摘まみ、においを嗅いだ。

「髪結いにでも行って来ようか……」

「月代《さかやき》を剃《そ》ったお前ぇの顔なんて、見たことなかったな」

長右衛門は髪結いに行った無念の顔を思い浮かべたようで、ぷっと吹き出した。

「似合わねぇなぁ」

無念は腕組みをして、

「おれも似合わねぇと思う」

と真剣な顔で肯いた。

「まぁ、ともかく湯屋へ行って、新しい着物を買ってくらぁ」

無念は立ち上がり、小走りに離れを出た。

「おれ宛の煙草って線も消えたわけじゃねぇぜ」

長右衛門が、ひょこひょこと中庭を走る無念の背中に言う。

「ないない。乾涸《ひから》びた爺ぃに煙草を贈る初な娘なんて絶対にないね！」

無念は通り土間に飛び込んだ。

「本当《ほんと》に男ってのは幾つになってもしょうがないねぇ」

金魚は煙管を仕舞って立つ。

「次の手はどうするつもりでぇ？　また贈り物が来るまで待つのか？」長右衛門は金魚を見上げる。

「貫兵衛と又蔵に頼んで見張りをつけて、贈り物を放り込む奴を捕まえれば、誰がなんのためにってのがすぐ分かるんじゃないのかい？」

「あの二人だって本業の読売が忙しいだろ。いっつもこっちの都合で引っ張り出してちゃかわいそうだよ」

「そのかわいそうなことをしてる筆頭がお前ぇだろうが。どうしてぇ。なんだか変だぜ。どっか悪いんじゃないのか？」

「なんで年寄って奴らはなにかっていうと他人《ひと》の体を心配するかね」

金魚は眉間に皺を寄せる。

「真葛さんにも心配されたかい」

「ああ。なんでこんな簡単な推当が立てられないかって嫌味を言われたよ」

「それよ」長右衛門は金魚を指差した。

「もしかしたら、煙草を放り込んでるのはお前ぇの贔屓で、それもとびっきりの色男かもしれねぇんだぜ。なんでこんな簡単な推当が立てられねぇ？」

「ばかだねぇ。なんでそう、いい方にばっかり捉えるかね」

金魚は自分を指差す長右衛門の手を払って、離れを出た。

四

次の日の朝。竹吉が蔀戸《しとみど》を開けると、店の前に包みが置かれていた。今度は赤い組み紐で括られていた。

それを預かった清之助が離れに持って行くと、無念も部屋を飛び出して来て、長右衛門と包みの取り合いになった。

清之助は呆れた顔で、

「そんなに引っ張ると包みが破けますよ。すぐに金魚さんを呼んで来ますね」

と言い、中庭から走り出した。


金魚が駆けつけると、無念と長右衛門は離れで包みを間に置き、腕組みをしていた。

「どれどれ――」

金魚は離れに上がると、二人の間にある包みを取り上げて、においを嗅いだ。

「こいつは薩摩の霧島煙草だね。国分《こくぶ》煙草よりコクがあって、通好みの煙草だよ」

「贈り主は煙草に詳しい奴ってことか」

無念がちょっと残念そうな顔になる。髪結いには行かなかったようで、月代も無精髭も昨日のままだったが、着ている子持ち縞の粋な着物は、古着ながら洗い晒して清潔なものであった。

「初《うぶ》な娘は煙草に詳しくはねぇよな」

長右衛門はあからさまに落胆した顔である。

「なんだい二人とも」金魚は苦笑する。

「あんたたちを嬉しがらせるつもりはないけど、初な娘が自分で銘柄を選んだとは限らないよ。よく知っている者に教えてもらったってことも考えられるだろう」

言いながら金魚は、頭の中に小さな光が閃いたのに気づいた。

あんたたちを嬉しがらせるつもりはないけど――、か。

金魚はその思いを振り払い、

「包みが昨日とは違う。別の煙草屋のようだから、ちょいと調べて来るよ」

金魚は包みを袂に入れて、離れを出た。

もし昨日、貫兵衛や又蔵に店を張り込んでもらっていたなら、包みを置いたのが何者であるのか確実に摑むことができた。

あたしはわざと後手に回る道を選んだ——。

金魚は唇を噛む。

あたしの中のあたしは、きっと全てを見通す推当を立てているに違いない。それが明らかになるのをできるだけ遅らせようとしている。

それがなぜなのか自分でも分からないのが焦《じ》れったかった。


金魚は摂津屋に行って昨日の番頭に包みを見せ、どの店のものか訊《たず》ねた。

「また、落とし物でございますか？」

番頭は不審げに眉をひそめたが、おそらく神田鍛冶町藍染川沿いの煙草屋、山本屋《やまもとや》の包みであろうと教えてくれた。

用心をして別の店にした。そして、通好みの煙草を選んでいる。初な娘の考えそうなことではない。

誰か、入れ知恵をしている奴がいるんだ——。

神田鍛冶町はすぐ近くである。金魚は小走りに山本屋へ向かった。

応対に出た山本屋の番頭は、昨日霧島煙草を買った男を覚えていて、

「見知らぬ方でございましたが、どこかの大店の手代風で」

と答えた。

「そうかい。ちょっと心当たりがある。そっちを当たってみるよ」

「落とし主が分かることをお祈りしております」

番頭は慇懃に頭を下げた。

鉄砲町の小間物問屋、京屋を当たってみなけりゃならないね――。

いつもの金魚ならば、昨日のうちに回って、京屋の家族を調べているはずである。

手代が使いに出ているなら、頼んだのは京屋の家族か、番頭か。

京屋のことを聞き込みすれば、おそらくすぐに誰が煙草を投げ込ませたか分かったはずなのだ。

今回の件は難しい謎ではない。

しかし、自分はそれを解きたいとは思っていない。

「そのことの方がよっぽど謎だね……」

金魚は独りごちる。

苦界《くがい》での暮らしで、辛いこと苦しいことは心の中にしまい込むことが倣《なら》いになっている。それが災いして、自分がなぜこの謎を解きたくないのか分からない。

あたしにとって辛い結末があるってのかい？

金魚は、鉄砲町に向かう足を止めた。

そして、再び歩き出した方向は、薬楽堂への道ではなく、福井町の長屋への帰路であった。

五

翌日、金魚は薬楽堂へ出かけなかった。

文机に向かって書きかけの草稿に取り組むのだが、文章が浮かんでこない。

いつもならば筆を持った瞬間に書くべき文章がすらすらと浮かぶのであるが、今日はまったく駄目だった。

悶々と紙を見つめ、吹かす煙草の量だけが増えていく。

夕方近く、竹吉が顔を出した。

しかめっ面をして部屋に渦巻く紫煙を手で払い、

「どうしたんですか金魚さん」

と、文机にかじりつく金魚に声をかけた。

「急にいい筋を思いついてさ」

金魚は紙の上に適当な文字を書き綴り、草稿を書いているふりをした。

「そうですか――。今日もまた煙草が届きました。今度は、店を開けて間もなく、誰かが土間に放り込んで行ったんです」

「そうかい。悪いねぇ。今、ちょうどいいところなんだよ。明日か明後日には薬楽堂へ行くから、煙草はそのままありがたく頂いておけって、大旦那と無念に言っておいておくれ」

「はい……、分かりました。金魚さん、あんまり根を詰めないでくださいよ」

竹吉は心配そうな顔をして腰高障子を閉めた。

金魚は出《で》鱈目《たらめ》な文章を書いた紙をしばらく見つめていたが、くしゃくしゃっと丸めて、後ろに放り投げ、文机に突っ伏した。

翌日も金魚は長屋に閉じ籠もっていた。

食事は長屋を訪れる棒《ぼ》手《て》振《ふり》から煮物を買って済ませた。執筆のために閉じ籠もることも多かったので、長屋の連中は不思議には思わなかった。

夕方に竹吉が現れ、今日は子供が若い男に頼まれたと言って包みを持って来たと伝えた。

煙草屋を変え、届け方を変え、用心しながら贈り物を続けている――。

もう内側の自分には謎が解けているという感覚が金魚にはあった。それが表層に上ってこない。

「いいかげんにしておくれよ……」

金魚は唇を噛んだ。

そして次の日の夕方――。

腰高障子の向こう側から真葛の声が聞こえた。

『金魚。薬楽堂が大変なことになっているぞ』

その言葉に驚き、金魚は三和土《たたき》に飛び下りて障子を開けた。

真葛が真剣な顔で金魚を見上げる。

「ちょうど薬楽堂にいたので、金魚を呼んで来るからしばし待てと、話を止めさせている」

「なにがあったんだい？」

「そこまで推当を立てられなかったとは情けない」

言って真葛は木戸の方へ歩き出す。

金魚は戸締まりをして真葛を追った。

「大変なことになっているってのに、なにをのんびり歩いているんだい」

真葛を追い越して木戸をくぐった金魚は振り返って言った。

「話を止めさせていると言うたであろう。慌てずともよい。まず、観念してお前の頭をすっきりさせろ」

真葛は、立ち止まった金魚を追い越し、ゆっくりと歩く。

「観念って……」

金魚はどきりとした。真葛は自分の心の中を推当てている――。

焦りを感じながら、真葛と並んで歩く。

「お前は京屋を調べれば、今回の件は解決すると考えていたろう？　しかし、それを先延ばししてきた。そして、その意味を考えるのも先延ばししてきた。まるで小娘のようにな」

「小娘のように……」金魚はどきりとした。それを隠すように、

「なに言ってやがるんだよ」

と乱暴に言った。

「お前は押しが強いように見えて、実は苦界で暮らしてきた女だという強い引け目をいつまでも心の中に飼《こ》うておる。それを押し隠すために作り上げたのが鉢野金魚という女だ。頭が良くて気が強い女の内側には、女郎屋に売られてきたばかりの小娘がいる。その小娘、暗い苦界の片隅でべそをかく小娘を、明るい場所に引き出してやれ」

真葛は口を閉じ、金魚の言葉を待っている様子だった。

しかし、いつものように気の利いた言い返し方を思いつかない。出た言葉は、

「この、糞婆ぁ……」

だけであった。

「その糞婆ぁは、お前がぐずぐずしているうちに京屋を探った」

「そんなことだろうと思っていたよ。でも、答え合わせは後だ。まず、薬楽堂で起こっている大変なことってのを聞かせてもらおうじゃないか」

「お前が答え合わせを後回しにするんなら、わたしも薬楽堂でなにが起こっているのか教えてやらぬ」

真葛は口を尖らせた。

どうやら自分が調べたことと金魚の推当の答え合わせを楽しみにしていたらしい。

「まぁ、行ってみれば分かることか。急ぐよ」

金魚は着物の裾をたくし上げて走り出した。

真葛も負けずに走り出す。

粋な女と老婆の駆けっこを、道行く人々は珍しげに見送った。

六

金魚と真葛が薬楽堂の奥座敷に入った時、室内は異様な緊張に包まれていた。

大旦那の長右衛門、旦那の短右衛門、そして怒ったような顔の無念が並び、その正面に五十絡みの仕立てのいい着物を着た男が座っていた。

金魚はその男を知っていた。本屋仲間の行司《ぎょうじ》を務める大和屋《やまとや》逸三郎《いっさぶろう》。

行司とは、これから出版される本が既存の本と内容が似通っていないかなど、権利の侵害があるかどうかを吟味する役職である。

「お待たせいたしましたね」

金魚は無念の隣に座った。真葛はその横に腰を下ろす。

「さっきも言いましたが」大和屋は真葛に目を向けながら言った。

「なぜ金魚さんを待たなければならなかったのか、まったく解せませんな」

「それはたぶん」金魚が言う。

「あたしがこの件を解決できるからでござんしょうよ。それで大和屋さん、なにがあったんでございます？」

「只野さまからお聞きになったのでは？」

大和屋は不審そうに金魚と真葛を見る。

「又聞きでは正しく伝えられなかろうと思うてな。話しておらぬ」

真葛が答えると、大和屋は面倒くさそうな顔をした。

「本能寺無念さんの戯作に、剽窃《ひょうせつ》の疑いありという訴えがあったんでございますよ」

「なるほど、そういう手に出たのかい」

金魚は真葛を見る。

「そういうことだ」

真葛は肯いた。

「なんの話です？」

大和屋は怪訝な表情を浮かべた。

「いえ、こっちの話でござんすよ――。で、誰がそんな訴えを？」

「文《ふみ》が来たのです。差出人の名はありません」

大和屋は長右衛門の膝の前に置かれた紙に目を向けた。

長右衛門は無言でそれを金魚に差し出す。

文には、無念の戯作のあちこちに剽窃の疑いがある旨が書かれていた。

字はか細い女文字である。

「それで、大和屋さんはこれを鵜呑みにしたのでございますか？」

金魚は鋭い視線を大和屋に向ける。

「いや……。確かめに来たのです」

「差出人の名もない。無念の戯作のどの文が、誰の作の剽窃なのかも書かれていない。こんなものに振り回されるなんて、行司さんの名が廃《すた》りやしませんかね」

「名が廃るとは失敬な。そういう訴えがある以上、確かめなければならんでしょう」

「確かめるだけなら、なんでこの座敷の空気がこんなにぴりぴりしてるんでござんしょうね。頭から無念が剽窃をしたと決めつけて、怒鳴り込んだんじゃないんですか？」

「大和屋。貴公が開口一番に言った言葉を思い出してみよ」

真葛が言った。

大和屋はばつが悪そうに目を逸らした。

「忘れたか？　ならばわたしが言うてやろう。『薬楽堂さん。無念さん。こんなことがあると困るんですよ。我ら本屋仲間の評判にも関わります』と、貴公は申したな。そして『まず、身の証《あかし》を立ててください。それまでは、無念さんの本は棚から下ろすように』とも言うた」

「呆れた話じゃないですか」金魚は鼻で笑った。

「誰がしたかも分からない誹謗中傷を真に受けて、剽窃をしてもいない無念に、身の証を立てろと？　ならば、無念の戯作のどこが、誰の作の剽窃なのか、はっきりと示してもらおうじゃないですか」

金魚は店の方に向かって、

「おーい。清之助。無念の本を全巻持って来ておくれ！」

と大声で言った。

「はい」と声が返り、すぐに十数冊の本を抱えた清之助が現れ、金魚の指示でそれが大和屋の前に積み上げられた。

「さぁ、どこが剽窃なのか教えてくださいまし」金魚は言った。

「どうせ、『やった』『やらない』の堂々巡りになったんでございましょう？　こっちにやっていない証を立てろと仰るんなら、どこが剽窃の疑いがあるのかちゃんとお示しなさるのが筋ってもんでしょう。それがなけりゃあなんにも始まりませんよ」

大和屋は積み上げられた本を睨みつけながらなにも言わない。

「さっさと答えやがれ！」金魚は怒鳴った。

「あたしは、言っちゃあなんだが、この江戸で一番の無念の贔屓だ。無念の本は、諳《そら》んじられるほどに読んでるよ。そのあたしが自信をもって言う。無念の本に剽窃は一行だってない。それをあるって言うんなら、どこが剽窃なのか、言ってみやがれ！　さぁ、お偉い行司の大和屋さん！　手前ぇの首をかけてね！」

金魚の剣幕に、大和屋は怖じ気づいたように身を縮めた。

「下らない誹謗中傷におたおたして、無念の本を棚から下ろさせたって話が広まれば、それこそ本屋仲間の評判を落とすってことに気がつかないかい！　本屋仲間はなにか文句を言われると、大切な仲間を切り捨てるって評判がたつのが楽しみだねぇ！　ほかの行司には話したかい？　なんとか内々に収めようと思ってのことかもしれないが、あんたの浅知恵で悪者にされるこっちは大迷惑だよ！」

金魚は一気にまくし立てると、すっと口を閉じた。そして大きく息を吸い、大和屋のすぐ前まで移動して文をその膝元に滑らせると、今度は落ち着いた口調で、

「さぁ、大和屋さん。どうなさいます？　『こんな誹謗中傷の文が来たが、なに、気にすることはありません。わたしは薬楽堂さんも無念さんも信じておりますよ』と、笑ってみせるのが行司の仕事じゃござんせんか？」

と言った。

大和屋は無言で文を取り、びりびりと破いた。そしてその紙屑を袂に入れて、頭を

下げると無言のまま座敷を出て行った。

「さて――」

と言って金魚は一同を振り返って見回す。

無念は金魚と視線が合うと、頬を真っ赤にした。

その顔を見て、金魚の頬も微かに染まる。

「この一件の始末をしなきゃならないね」

「もう始末はついたんじゃないので？」

短右衛門が言った。

「文を書いた奴に反省してもらわなきゃ、始末はつかないよ」

「誰が書いたか分かってるのか？」

赤い顔をしたまま、無念が訊いた。

「分かってるよ。なにかひとこと、言ってやりたいかい？」

「当たり前ぇだ。一発、二発ぶん殴ってやらなきゃ気が済まねぇぜ」

無念は鼻息荒く腕まくりをした。

「それなら、一緒に来なよ」

金魚は腰を上げた。

「では、無念が讒言者《ざんげんしゃ》を殴り殺さぬように、わたしもついて行こうか」

真葛が言った。

した。

「心強いよ」

金魚が言う。

長右衛門、短右衛門、無念は、金魚が真葛にしおらしいことを言うので驚いた顔をした。

七

金魚と真葛は鉄砲町の小間物問屋京屋の暖簾をくぐった。無念は近くの横丁に待たせておいた。

婀娜《あだ》っぽい女と武家の老女という組み合わせの客は珍しいらしく、番頭や手代の目が一斉に二人に向いた。

「ここ数日、この辺りの煙草屋で値の張る煙草を買った手代と話がしたいんだけどね」

金魚は手代らしい若者たちをぐるりと見回した。一人の若者が慌てて目を逸らした。

「そこの手代。あんたに話があるんだ」

金魚が手招きする。

店の奉公人や客たちが何事かと金魚と手招きされた手代を見る。

「あの……」番頭の一人らしい中年の男が間に入った。

「どういうことでございましょうか？　篠介がなにか粗相《そそう》をいたしましたので？」

金魚は小声で、

「お嬢さんが、戯作者の本能寺無念に、ちょいとおいたをしてね」

と囁く。

番頭の顔色が変わった。

この家の娘が無念の戯作の贔屓であろうという推当は当たっていたようだ。『おいたをして』と言われて顔色を変えるくらいだから、その入れ込みようはかなりのものだったのだろう。思いあまって『おいた』をしてしまうくらいに。

「なに。誰かの使いで煙草を買ったらしいんだけど――」金魚は大きい声で言う。

「買った煙草をうちの前に落として行ったのさ。あちこち煙草屋を当たって、やっとここの手代が買ったって探り当てたのさ」

金魚は三日目に届けられた紫の組み紐の包みを袂から出して見せた。

金魚と手代に注目していた者たちは『なんだそういうことか』という顔で、商談や品定めを再開した。

「左様でございますか。それはおそらく主が頼んだ煙草でございましょう。わざわざお届けいただきありがとうございます。主からもお礼を申し上げますので、まずはこちらへ」

番頭は、金魚と真葛を通り土間から奥へ誘《いざな》った。

番頭は奥まった座敷に二人を通すと「少々お待ちくださいませ」と言って出て行った。

「さて、金魚。お前の推当の答え合わせをしておこうか」

真葛は隣に座った金魚に言う。

「京屋の主の子供は、おそらく年頃の娘だね？」

「左様。みおという」

「そうかい。おみおさんかい。そのおみおさんは、すこぶるつきの恥ずかしがり屋だ。そして、煙草好きの奉公人がいる。手代は高い煙草には手が出ないから、さっきの番頭あたりかい？」

「ちゃんと推当できているな」真葛はにやりと笑う。

「だが、番頭は外れだ。主の満右衛門《みつえもん》が大の煙草好きで、色々な銘柄の煙草を吸っている。煙草入れや煙草盆を集める道楽があって、商売仲間や家族、奉公人にまで蘊蓄《うんちく》を語りたがる」

「なるほど。おみおちゃんにも煙草の知識はあったかい――。おみおちゃんは無念の贔屓だってのはさっきの番頭の態度で分かった」

「無念の本は全巻持っているそうだ。好敵手登場ってところだな」

真葛はにやりとした。

「ばか言ってるんじゃないよ」

金魚の表情が少しだけ曇った。

「いい加減に認めてしまえ。お前、無念に惚れておるのであろう」

「そういうことをいとも簡単に言ってくれるじゃないか」

金魚は苦笑する。

「傍目八目《おかめはちもく》。外側から見ておればよく分かる」

「本人にはよく分からないんだよ」

金魚は爪を嚙んだ。遠い遠い昔に忘れたはずの癖であった。

「お前は苦界で暮らした日々にとらわれている」

「……」

「それが悪いと言うておるのではない。苦界の苦しみなど、わたしには想像もつかぬほどの辛酸があろう。だが、わたしとて、世間では武家の奥方など贅沢三昧で気楽な立場だと思うておろうが、己を殺さなければ務まらぬ辛さがある。人それぞれ、他人には推し量れない苦しみを背負っている。しかし、それにとらわれていれば、幸福《さきわい》はやってこない。お前はもう苦界から解き放たれているのだ。いつまでも苦界の出であることを引きずっていれば、本当の幸せを知らずに老いていくぞ」

真葛は金魚に顔を向けた。

「このわたしのようにな。しかし、わたしはこの年になって、軛《くびき》から解き放たれた。【独考《ひとりかんがえ》】を世に出そうと躍起になっていたことも、最初は褒めていたくせに掌を返して批判をした曲亭馬琴《きょくていばきん》に対する怒りも、武家の女の暮らしを変えようとする思いも、すべては〝力み〟であったことが分かった。馬琴に一泡吹かせてやろうと江戸に出て来たが、今では薬楽堂の面々と関わりたくて居着いている」

真葛の顔に優しげな笑みが浮かぶ。

「苦界で暮らしてきたことに引け目を感じて、自分の思いを殺しているのか？　それとも、お前を身請けしてくれた旦那に操《みさお》を立てて二度と男に惚れまいとしているのか？」

「だから、分からないって言ってるだろう。もう少し放っておいておくれよ……」

金魚は苦しげに言った。

「お前のそういう気持ちが、今度の件の謎解きを遅らせた。さっさと解いていれば、無念は剽窃などというい　らない嫌疑をかけられることもなかった」

「その点は反省しているよ……。無念に惚れている娘がいるって事実を明らかにするのを先延ばししたかったのは事実だよ。そのことが、あたしが無念に惚れているからかどうかは、分からない……。そう虐《いじ》めないでおくれよ……」

「お前は、わたしが今までどおりの糞婆ぁでいることを望んだ」

「もう、自分の気分で他人に迷惑をかけることはしないからさぁ。もう少しだけ、時をおくれよ」

「かつて苦界で暮らしていたことが罪となり、そこを出た後々までも引きずるというのならば、犯した罪はいくら悔い改めても消えないということになる」

「ねぇ、真葛婆ぁ。あたしはね、あんたが想像もできないようなことを、苦界にいる間し続けてきたんだよ。この体はすっかり穢れちまってるのさ」

金魚はそっと胸に触れた。

「なぁ金魚」真葛はゆっくりと金魚に顔を向ける。

「罪を犯せば罰を受ける。苦界に売られた女たちは、罪を犯しつつ、罰を受けていると思わぬか？　それも、事の始まりは自分が望んだことではない身売りだ。すでに罪に対する罰は受けているのだ。苦界を出たならば堂々と普通の人として暮らしていけばよい」

「世間さまが許さないよ。だからあたしは前身を隠している」

金魚は頑なな顔になる。

「隠しているからこそ、お前は普通の女として生きていける。そして、それを体現しているではないか」

「隠していることがばれたら仕舞いだよ」金魚は吐息と共に言う。

「たとえばさぁ、あたしと無念が夫婦《めおと》になったとする。その後で、もし女郎であったことが世間に知られれば、無念は赤恥をかくよ。御職《おしょく》を張っていた花魁《おいらん》ならば別だが、二番手、三番手、それも身請けしてくれた旦那に死なれ、妾宅だった家を追い出された女だ」

「ああ言えばこう言う」真葛は顔をしかめた。

「なんにしろ、お前が無念に懸想《けそう》していることを認めてしまえ」

「認めたって、現状はなにも変わりやしないよ。苦しみが一つ増えるだけさ」

「そう言いながら、思いは日増しに強まっておろうが。それが態度に出ていることに気づき、お前は悩んでいるのだろう」

「女郎はね、何百通りも諦め方を知っている。もう少ししたら、きっぱりと諦めてみせるよ」

「無念がお前を好いていたとしてもか」

「互いに好き合っていても、結ばれぬ恋なんて、苦界には掃いて捨てるほどあった」

「だから、お前はもう苦界にはいないのだ」

「いくら言葉を尽くしても、堂々巡りになるよ」金魚は寂しげな笑みを真葛に向けた。

「ここまでにしようよ。なにか、あたしを説得できる、決定的な考えが浮かんだら、また話しておくれ」

「……」

真葛は口をへの字に結んだ。

八

しばしの沈黙が続き、廊下に足音が聞こえた。

「失礼いたします」

男の声と共に、障子が開き、主らしい中年の男と若い娘、そして手代の篠介が座敷に入って来た。いずれも神妙な顔をしている。

「主の満右衛門《みつえもん》でございます。みおが本能寺無念さんにご迷惑をおかけしたとか――。どういうことでございましょう？」

金魚と真葛の出方をうかがうような顔で、満右衛門が訊いた。

「ここ数日、薬楽堂に高価な煙草が投げ入れられたり届けられたりしたんだよ」金魚が言う。

「それだけならまだいいけど、今度は本屋仲間の行司に、無念の戯作に剽窃があるっていう誹謗中傷の文《ふみ》が届けられた。それで、無念はえらく落ち込んでさ」

金魚の言葉で、みおの顔が凍りついた。しかし、言葉は発しない。

「そのことと、みおがどのように繋がるのでございましょう？」

満右衛門が訊く。

もし、本当に自分の娘がしたことを知らないのであれば、もっとこちらに対して腹立たしげな口調になるはずだけど――。

金魚は満右衛門は全て知っていて、しらを切り通せるものならば、そうやってこの場を脱したいと思っているのだと判断した。

「おみおさんは、手代の篠介に煙草を買わせ、綺麗な組み紐で包みを縛って、薬楽堂に届けさせた。贔屓にしている無念への贈り物にね。文でも添えてあったり、自分の名でも書いていればなんてことはなかったんだが、おみおさんは恥ずかしがり屋だから、自分からの届け物だと知られるのを嫌がった。おみおさんの部屋を調べれば、組み紐の残りが見つかると思うが——。それとも慌てて処分したかい？」

金魚はみおに目を向けた。

みおは体を硬くしてじっと畳を見つめている。

「行司に出した文は、筆跡を調べればすぐにおみおさんの手になるものだと分かる筈だ。篠介を煙草屋に連れて行けば、薬楽堂に届けられたものを買ったってことも分かる」

みおの文は大和屋が破いて捨ててしまったから、金魚の言葉ははったりである。

しかし、みおの体は震え出した。

篠介は心配げにみおをちらちらと見ている。

満右衛門は、しらを切り通そうかどうしようかと迷っている様子だった。

「事を荒立てようとも、詫びの印にと金をせびろうとも思わない」真葛が言った。

「戯作を読んで本能寺無念という作者に恋い焦がれた末にやってしまったことであろうから、これからこのようなことが起こらなければそれでいいのだ」

真葛の言葉に、満右衛門はほっとした様子であった。

「ただし」金魚は言った。

「しでかしたことの始末はつけなきゃならないよ。ちゃんと自分がやったことを認めて謝らなきゃ、おみおさんのためにもならない」

金魚の言葉に、みおは膝の上で強く拳を握った。

真葛がすっと立ち上がり、なにも言わずに座敷を出て行った。

「わたしが、そうなさいませと進言いたしました！」篠介が叫ぶように言って平伏した。

「全てはわたしのせいでございます」

満右衛門の表情が変化した。

そういうことにしてしまおうかと心が動いたようであった。

「篠介。庇うのはお嬢さんのためにならないよ。満右衛門さんも、ここで篠介に罪をおっかぶせちゃあ、奉公人からの信用を失うよ」

満右衛門は腹をくくったように、表情を引き締めた。

「先ほど篠介から話を聞くまでは、そのようなことが起こっているとは知りませんでした。娘のことにもう少し心を配っていれば、変化に気づいたはず――。親として恥ずかしゅうございます。大変、申しわけございませんでした」

満右衛門は頭を下げた。

「さて、篠介もお父っつぁんも認めたよ。あんたはどうする？」

金魚はみおに目を向ける。

みおは顔色を悪くして唇を噛み、まばたきもせずに下を向いたままだった。

荒々しい足音が近づいて来た。

「ふざけやがって！　ただじゃすませねぇぞ！」

無念の怒声が聞こえる。

みおの顔からさらに血の気が引いて、真っ白になった。

がらりと障子が引き開けられた。

「おれをはめようとしたのはどいつでぇ！」

無念は怒髪《どはつ》天を衝《つ》く形相で座敷の中を睨み回す。

みおは目を丸くしたまま、じっと無念の顔を見つめていた。どうやら無念の顔を見るのは初めてらしい。

「この男が本能寺無念だ」

あとからついてきた真葛が言った。

みおの悲鳴が長く尾を曳《ひ》く。

「ごめんなさい！　ごめんなさい！　あたし、どうしたらいいか分からなくて！　あんなことをしてしまって、本当にごめんなさい！」

みおは畳に額を押しつけて「ごめんなさい！」と叫び続けた。

無念は面食らって、金魚の方を見た。

「この娘が、おれをはめたのか？」

信じられないというふうに訊く。座敷に飛び込んで来た時の勢いは、すっかり削がれていた。

「お前の戯作が好きで好きで、会ったこともないお前に懸想してしまったんだよ」

金魚が言った。

「えっ……」

無念はどうしていいか分からないという顔で、突っ伏して泣きじゃくり始めたみおを見つめた。

「煙草を贈っているのに反応がない――」金魚が言う。

「まぁ名前も書いていなかったんだから当たり前なんだけどさ。この娘《こ》の中でもどかしさが爆発して、讒言の文を出すって暴挙に走ったんだ。さぁ、どうする無念。一発、二発ぶん殴るかい？」

「ばか言うねぇ……。殴れるわきゃなかろうが……」

無念は困り果てたように言う。

金魚は黙って無念の次の行動を待った。

無念は少し迷っていたが、みおの横にしゃがみ込み、その背中に手を当てた。

みおの体がびくりと震えた。

「なぁ……。もう、あんなことするんじゃねぇぜ」

「ごめんなさい！　ごめんなさい！」

みおは号泣し、ぱっと身を起こして無念に抱きついた。

無念は突然のことに驚いた顔をしたが、躊躇《ためら》いがちに、その背に手を回した。

そして、ちらりと金魚の方に眉を八の字にした顔を向ける。

金魚は強張った笑みを浮かべて肯いてみせた。

無念はそっとみおの体を離す。

みおは涙で濡れた顔で無念を見つめる。

無念は、間近でみおの顔を見て、頬を赤くした。

「それじゃあよう。おれはもう帰るから。これからも贔屓でいてくんな。ただ、贈り物はもう受け取らねぇからな」

言って無念は立ち上がり、踵を返すと足早に座敷を出て行った。

「無念は許してくれたようだから、これで今回の始末がついたね」

金魚は言った。

「これからは節度をもった贔屓でいることだ」

真葛が言う。

そして二人は肯き合って座敷を出た。

平伏する満右衛門と篠介、そして、みおの号泣がそれを見送った。

九

少し先を無念が歩いている。

真葛は追いつこうと足を速めたが、金魚がそれについてこないので、小さく舌打ちして金魚と並んだ。

「近くにいながら遠ざかろうとする金魚。手が届かないところにいる男になんとか近づこうとしたみお――。切ないのう」

真葛は言った。

「余計なお世話だよ」

金魚は言うと、小走りになった。

無念は、胸の中に渦巻く薄暗い霧のようなものの正体を突き止めようと、腕組みをして考え込みながら歩いている。

みおの涙に濡れた顔を見た瞬間に、心がときめいたのは確かだった。

けれど、金魚の目の前でみおに抱きつかれ、途方に暮れて金魚を見た。

その時、金魚は微笑していた。

焼き餅をやいてくれないのかい――。
確かに自分はそう感じた。
そりゃあそうだよな――。とも思う。
金魚は苦界で星の数ほどの男を見てきた。だから男を見る目はある筈だ。
いつまでも薬楽堂に居候する甲斐性なしのおれなんか、本気で相手にしない。
それなら、いっそ好いてくれる女と――。
小間物問屋の婿に収まったとしても戯作は書ける――。
今よりも楽な暮らしをしながら戯作が書けるんだぜ――。
後ろから下駄で駆けて来る音がした。
金魚だ――。
無念はそう思って、すこし足を遅くした。

真葛は無念に駆け寄る金魚を見ていた。
二人が並んだ時、金魚と無念の手が動いた。
指先が触れ合いそうになった次の瞬間、二つの手はそっと離れた。

名月怪談　百物語の夜

一

雨戸の向こうから、秋の虫の音が聞こえていた。手燭《てしょく》の明かりが廊下をぼんやりと照らしている。

日本橋にほど近い本石町の古書店、紅梅堂《こうばいどう》の廊下を進むのは、大坂の世利子《せりこ》、市之《いちの》介《すけ》である。

世利子とは、本屋仲間には属さず本を商いする商売である。出版はせず、仲間に所属する本屋の下請けで本の仕入れや販売をしたり、古本の売買や貸本なども扱った。店を持つ者は少なく、たいてい一人で行商をした。

京、大坂では売子、世利子などといったが、江戸では世利衆と呼ばれた。

大坂の世利子である市之介がなぜ江戸にいるのかというと、古本や版木の市である世利市会に出す本や版木を、紅梅堂の求めに応じて大坂から運んで来たからである。

市之介は今年四十歳。行商で日に焼けた顔には皺《しわ》が多く、しみも浮いている。

廊下の床板は時々軋みを立てた。その音がやけに大きく聞こえた。

廊下の最奥の障子《しょうじ》からぼんやりと明かりが漏れている。青い明かりである。座敷の中に置いた行灯《あんどん》に、青い紙を張っているからであった。

宵の口から何十回も、皆が集まる座敷と奥の行灯の間《ま》を往復したが、いよいよこれが最後。

最初の頃は、十の行灯の燈明皿《とうみょう》にそれぞれ十本の灯心を差してあったから、行灯の座敷はとても明るかった。しかし、一本ずつ灯心が消され、残ったのは一本。青い光は弱々しい。

市之介はぶるっと身震いした。

座敷では紅梅堂の手代祥吉《しょうきち》が火の番をしている。怖がることはない。

市之介は障子に手をかけてそっと引き開けた。

座敷の中央に行灯が一つ。

ほかの九つは片づけてしまったらしい。

ただでさえ行灯の明かりは暗い。それに青色の紙を張ったことによってさらに暗くなっていて、十二畳の座敷は薄闇に包まれている。

「祥吉はん？」

市之介は首を傾げた。

座敷に祥吉の姿がない。座敷の隅の暗がりに目をこらしても、人の姿はなかった。

便所《はばかり》にでも行っているのだろうか――。

そう思いながら、市之介は座敷に入った。

最後の一本を消す前に、手燭の蠟燭《ろうそく》を吹き消す決まりになっていた。真っ暗な中、勝手を知った祥吉に手を引かれながら皆のいる座敷に戻る段取りである。

しかし、頼りの祥吉がいない。

「仕様《しょう》がおまへんな」

市之介は溜息をついたが、内心ほっとしていた。

祥吉がいないのであれば、闇の中、皆のいる座敷には戻れない。手燭を灯したままでも仕方がないという理由がつく。

真っ暗な中で、起こるかもしれない恐ろしい怪異に怯えなくてもいいのだ。

市之介は行灯に歩み寄り、灯心を消すため、指先にたっぷりと唾をつけた。

微かな声が聞こえた気がして、市之介ははっと周囲を見回した。

行灯の向こう、奥へ続く襖《ふすま》が、ほんの少しだけ開いていた。

「祥吉はんでっか？」

市之介はその隙間に声をかける。

返事はない。

ぞわぞわと背中が寒くなる。

市之介は、さっさと灯心を消して皆の待つ座敷に戻ろうと、行灯に手をかけた。

「手燭をお消しなさいまし……」

今度ははっきりと聞こえた。

女の声だった。

「ひっ！」

市之介は行灯から手を離し、後ずさった。目は襖の隙間に釘付けになった。

「手燭を……」

声と共に、襖ががたがたと鳴った。

「行灯を……」

右の襖から声が聞こえた。そして襖が激しく揺れる。

「手燭を……。行灯を、お消しなさいまし……」

左からも声が聞こえ、襖が揺れる。

激しい音が座敷に渦巻く。

「手燭と行灯をお消しなさいまし……」

三人の女が同時に言った。

市之介は震え上がる。

「祥吉はん！」

返事はない。

正面と左右の襖が同時に倒れた。

市之介は飛び上がるほど驚き、恐ろしさのために体が動かなくなった。

襖の揺れと激しい音は止んでいた。

静寂の闇の中にぼんやりと白い人影が見えた。正面と左右の座敷の中に、白装束で髪の毛を垂らした女が立っていた。

ずっ　ずっ　ずっ

畳を擦る音が聞こえ、女たちは体を揺らしながら市之介の立つ座敷に近づいて来る。垂れた髪の隙間から、行灯の光を反射した目がぎらりと光った。

「でたぁ！」

市之介は叫んだ。呪縛が解かれたかのように、座敷を走り出る。

市之介の真上で音がした。

市之介を追うように、天井裏を這い進む者がいる――。

「助けてくれぇ！」

市之介は全速力で廊下を走り、角を曲がったところで座敷から出ようとしていた者とぶつかりそうになった。市之介は仰《の》け反《ぞ》って廊下に尻餅をついた。

「どうしました！」

紅梅堂の主、久右衛門《ひさえもん》が顔色を変えて市之介を助け起こす。

「ど、どうもこうもおまへんがな……。ぼ、亡魂が……。行灯の間に……」

市之介は歯の根も合わぬほどに震えている。

「本当に、また出たのですか？」

久右衛門と五人の客は、手に手に手燭を持って、廊下に飛び出す。そして、へっぴり腰で廊下の曲がり角から顔を出した。

行灯の間からは、ほのかな青い光が漏れている。そして、開け放たれた障子から白い顔が覗いていた。

「わっ！」

久右衛門は叫んで後ずさる。客たちもばたばたと元の座敷に戻った。

「旦那さま。いかがいたしました？」

手代の祥吉の声だった。

久右衛門は恐る恐るといった様子で、もう一度、廊下の角から様子をうかがった。

廊下には怯えたような顔の祥吉が、立っていた。

「祥吉でございます」

久右衛門は客たちに言って、行灯の間に向かう。客たちも続き、その後ろから市之介が客の一人にしがみつきながら廊下を進んだ。

久右衛門は行灯の間を覗く。

十の行灯が並んでいた。灯っているのはその中の一つである。

「市之介さん。亡魂なんかいませんよ」

久右衛門は怒ったような口調で言い、市之介を振り返った。

「んな、あほな……」

市之介は客の後ろから顔を出し、行灯の間の中を見ると、慌てて駆け込んだ。

「さっきは行灯が一張りしかあらしませんでした……。それに祥吉もおらへんから……」

「いえ」祥吉は強く首を振った。

「わたしは座敷を出ておりません」

「そんなはずはおまへん！」市之介は久右衛門たちに顔を向けて必死に訴える。

「わたしは確かに女の亡魂を見たんや！　三方の襖が倒れて、白装束の女たちが、わたしに向かって来たんです！」

久右衛門は眉間に皺を寄せて真剣な顔をしていたが、客たちは笑いを噛み殺した表情をしている。

その中の一人、久右衛門と同業の浪速屋《なにわや》一郎兵衛《いちろべえ》が、

「だったら確かめてみましょうか」

と言って、正面奥の襖に歩み寄り引き開けて、手燭で中を照らした。

「誰もおりませんよ」

一郎兵衛に続き、書肆《しょし》を営む寿屋秀五郎《ことぶきやしゅうごろう》と中野屋辰二朗《なかのやたつじろう》が、左右の襖を開けて無人なのを確かめた。少し遅れて、古書店を営む神明堂《しんめいどう》の義之助《よしのすけ》も座敷を覗き込む。

「確かにおったんや……」市之介の口調から勢いが消える。

「品川の時と同じ女たちやった」

一郎兵衛ら四人の客は少し怯えたような表情で顔を見合わせた。

市之介の言う〝品川の時〟にも、四人は同席していたのだった。

「品川の時も、見たのは市之介さんだけ」一郎兵衛が言った。

「ならばもう一度と開いた会でも、また見たのは市之介さんだけ。それを信じろと言うのもねぇ」

「市之介さんは以前から存じ上げています」久右衛門が言う。

「けっして嘘を仰る方ではございません。また、祥吉も嘘を言う男ではございません。考えられるのは、品川でも拙宅でもなにか奇妙なことが起こったのだということでございますな……」

「うーむ」一郎兵衛が唸る。

「だとすれば、本当にあの版木に、亡魂が取り憑いているということでしょうかね」

「今、蔵に収めておりますが、確かめに行きましょうか？」

「いや」間髪を入れずに首を振ったのは、義之助だった。

「市之介さんが嘘をついているとは言いませんが、きっと何かの見間違いでしょう。蔵の中を確かめるまでのことはない」

言葉とは裏腹に、頬に鳥肌が立っていた。

久右衛門ははっとした顔になって、客たちを見回した。

「そういうことにしていただければありがたい。なにしろ市之介さんの荷物はわたしが頼んだ品物でございます。世利市会で亡魂つきの版木、その版木と一緒にしまわれていた古本などという評判が立てば、売れる物も売れなくなります。なにぶん、ご内密に」

「だが――」一郎兵衛は首を傾げる。

「市之介さんには悪いが、わたしは怪異を体験していないから、本当にそれが起こったのか、市之介さんの気の迷いか判断できませんな」

「ならば、もう一回やろうやないですか」

市之介はむきになって言った。

「もうすぐ明け方でございます」久右衛門は一同を見回した。

「最後は中途半端になりましたが、今宵の百物語はお開きにいたしましょう。お部屋を用意いたしておりますので――。もう一度おやりになりたいと言うのであれば、また後日、座を改めて。これ、祥吉。皆さまをご案内して」

祥吉は「それではこちらへ」と、市之介らを導いた。

二

「ごめんなさいよ」

と、鉢野金魚《はちのきんとと》は薬楽堂《やくらくどう》の暖簾《のれん》をくぐった。今日の着物は芒《すすき》と月の裾模様。落栗色の革の煙草入れを黒っぽい帯に差している。前金は轡虫《くつわむし》。煙管《きせる》入れは煤竹《すすたけ》色の網代《あじろ》編みである。

「おはようございます。金魚さん」

天井から吊した錦絵を替えている竹吉《たけきち》が言った。

「真葛《まくず》さんがいらしてますよ」板敷を拭いている松吉《まつきち》が奥を指差した。

「なんだか、お仕事のようで」

「おっ。いよいよ【江《え》戸《ど》怪談《かいだん》】の出版かね」

言って、金魚は通り土間から中庭に向かった。

【江戸怪談】は、只野《ただの》真葛が舟野《ふなの》親玉《おやだま》という筆名で書いた戯作である。薬楽堂が開催した素人戯作試合に応募した作品であり、一等になるところであったが、真葛自身が受賞を固辞したので宙に浮いていた。

中庭の離れには、長右衛門《ちょうえもん》と真葛が向き合っていた。濡れ縁に本能寺《ほんのうじ》無念《むねん》が座り、煙管を吹かしている。

「本が出るんだって？」

金魚はにこにこしながら真葛に言い、濡れ縁の無念の隣に座った。

「邪魔な奴が来た」

真葛は鼻に皺を寄せる。

「なんだい。顔を合わせるなり邪魔な奴だなんて。朝っぱらから気分が悪いね」

金魚は唇を尖らせながら、煙管を出して煙草を吸いつける。

「本の話じゃねぇんだ」長右衛門が言う。

「百物語のねたが欲しいって奴がおれを頼って来てな。すこぶる怖いのがいいって言う。おれも幾つか知らねぇわけじゃねぇが、それなら真葛さんに相談した方がいいと思ってさ」

「なるほど。そんなところにあたしが来たから、真葛婆ぁはちゃちゃを入れられると思ったかい」

金魚は心霊現象否定派。真葛は肯定派。亡魂の話になると、必ず口論になるのであった。

「もうすぐ中秋だってぇのに、百物語なんてさぁ。怪談話は納涼、夏にするもんだろうが」

無念が言う。

「ばかだねぇ」

金魚は無念に煙を吹きかける。

「なにがばかでぇ」

無念はむっとした顔で煙を払う。

「あんた、百物語ってどうやるのか知ってるのかい?」

「草木も眠る丑三ツ刻――」無念は恐ろしげな声音で言う。

「怪談好きが集まって、百本の蠟燭を灯し、一つ怪談が終わるたびに灯を消す。そして、百本目を吹き消した時、怪異が起こるんだ。だから、百物語とは言いながら、九十九話で終わらせるのがお作法なんだ」

「やったことあるのかい？」

金魚は灰を捨て、煙管の火皿に新しい煙草を詰める。

「ねぇよ。ありゃあ武家の肝試しや、好事家《こうずか》のやるこってぇ」

「じゃあ、ちょいと想像してみな。蠟燭百本を灯した部屋。それも真夏だ」

「あっ。凄く暑くなるな」

「だから、蠟燭は使わない。たいていは、行灯の燈明皿に差した灯心を抜くって方法をとる。一つの燈明皿に百本も灯心を入れたんじゃ、ちょっとしたはずみで火事になっちまう。だから幾つか行灯を用意するんだけどさ。それでも暑い。だから夏にやるのは愚の骨頂さ」

「その行灯には青い紙を張るのが作法だ」

真葛も煙草を吹かし始める。

「で、どこの酔狂だい？　百物語なんてしようってのは」

「古本屋の紅梅堂さ」長右衛門も煙管に煙草を詰める。

「どうしても、本当にあったおっかねぇ話が欲しいんだってさ」

長右衛門の言葉に、金魚は口を開きかけたが、真葛が鋭い口調で制した。

「亡魂がいるかいないかっていう話は無用だ。これはわたしの仕事の話。わたしがお前の仕事の邪魔をしないように、お前もわたしの仕事の邪魔はするな」

金魚は開けた口から煙を立ち上らせて、肩をすくめた。

「それで――」真葛は長右衛門に顔を向けた。

「なぜ紅梅堂は百物語を開く？」

「大坂から来た怪談好きの世利子の接待だとよ。長いつき合いで、年に一、二回は江戸に来ているんだそうだ」

「世利子を接待？　立場は紅梅堂の方が上であろう？」

真葛が訊いた。

「下り物の本や版木を運んで来るんだ。江戸の世利衆と同じ扱いをするわけにもいくめぇよ」

「大坂から本や版木を取り寄せるってことは、世利市会が近いのかい？」

金魚が訊いた。

「口を出すな」

真葛がぴしゃりと言う。

「亡魂云々の話じゃないからいいじゃないか」

「お前が訊きたいと思ったことは、わたしと長右衛門とのやりとりを聞いていれば分かることだ。口をつぐんですっこんでろ」

厳しい口調の真葛に、金魚は舌を出して応酬した。

「今月の末くらいにあるようだな。引札が来てた」

引札とは広告のチラシである。

「百物語には誰が集まるか聞いているか？」

「まず、亭主が紅梅堂の久右衛門。それから古本屋の浪速屋一郎兵衛。神明堂の義之助。お堅い書肆の寿屋秀五郎。中野屋辰二朗。それから、接待される世利子の市之介」

「全部で六人か。一人で十六、七話は用意しなければならないということだな」

「ところがよぉ。百物語は、三日前に品川でやって、昨日は紅梅堂。それからまた明日に紅梅堂でやるやつを合わせて三回目だって言うんだ。ねたが尽きたんで、おれに助けを求めに来たってわけさ」

「三回目？」

金魚と真葛が同時に言った。真葛は金魚を睨む。金魚は声に出さずに『はい、はい』と口を動かした。

「短い間隔で三回なんて、よっぽど怪談好きなんだな」

無念が言う。

「おれも不思議に思って訊いてみたさ。久右衛門は、無念とおんなじ理由を言っていた。市之介が滅法怪談が好きなんだとよ」

金魚が無念の袖を引っ張り、耳元で囁《ささや》く。

「なんで品川で一回目だったのかを訊いとくれ。重要なことなんだよ」

「お前が訊きゃあいいだろうが」

無念が面倒くさそうに言う。

「だって、怒られるもの」

「ごちゃごちゃ言っておらんで、口を出すのを許してやるからはっきり喋れ」

真葛が不機嫌そうに言う。

「しからば」金魚はにっと笑う。

「なんで一回目の百物語が品川だったんだい？」

「大坂から東海道を下って来るんだ。江戸の入り口の品川で百物語をしてもおかしくはあるめぇよ」

無念が言う。

「じゃあ、版木は陸路で運んで来たんだね」

「版木は船で運んだそうだ」

長右衛門が言う。

「どこまで？」

「品川まで」

「そいつはおかしいね」

金魚は顎を撫でる。

「なにがだ？」

長右衛門は片眉を上げる。

「だって、紅梅堂は本石町。荷は川を使ってすぐ近くの河岸まで運べるはずじゃないか。なぜわざわざ品川で荷を降ろしたんだい？」

「そいつはおれも変だと思って訊いてみた。上方から本や版木を運ぶ時にゃあ、たいてい書物江戸積問屋や江戸積雑問屋を通して、江戸の問屋へ送る。本屋は問屋から荷を受け取ることになる。日本橋にも問屋はあるのになぜ品川だったのかってな」

「紅梅堂はなんて答えたんだい？」

「大坂の世利子は、品川の飯盛女にご執心なんだとよ」

「なんだ、色と怪談で接待かい」

無念は呆れ顔で言う。

「しばらくご無沙汰だったから、どうしてもその女と遊びたいってんで、世利子は品川に一泊することにした。それじゃあ、品川で宴をしながら市の前の荷の品定めをしようか、ってんで何軒かの本屋も集まることにした。江戸に来る時は、いつも荷は日本橋に送るんだが、そういうわけで、荷は品川の問屋宛に送った」

「そして、宴で誰かが百物語をやろうって言い出したんだね」

「そういうことだろうな」

「なるほどな」真葛は灰を捨て、煙管に息を通し、煙管入れにしまった。

「だが、ねたはやらない」

「そいつは困ったな」

長右衛門は後ろ首に手を当てた。

「ねたはやらないが、わたしが話し手として百物語に加わろう」

「真葛さんが？」

「わたしなら、一人で百物語を語れる。歩く百物語と言っても過言ではない」

「そいつはそうだろうけれど……」

長右衛門はさらに困った顔をした。

「あたしも一緒に行くよ」

金魚が言った。

「亡魂を信じていねぇお前がかい」無念が笑う。

「行って亡魂を信じる奴らを笑い物にして、引っ掻き回すつもりだろう？　やめとけ、やめとけ。興を削ぐようなことをするのは無粋だぜ」

「そんなこと、しやしないよ」金魚も煙管をしまう。

「真葛婆ぁがなにを面白いと思ったかはわからないが、あたしもその話、面白いと思ったんだよ」

「どこを面白いと思った？」

「日を置かずに何回も百物語をしているところ」

金魚が答えると、真葛はにやっと笑った。

「わたしと同じだな」

「紅梅堂ですぐにまた百物語をしたってことはさ、品川の百物語が面白かったたってことだろ。百物語をやって一番面白いことを考えると——」

「怪異が起こったか」

長右衛門が言った。

「うん。怪異が起こったか、あるいは必ず怪異が起こるはずなのに起こらなかったか——。二回目をやったってことはそういうことだと思う」

「本当の怪談好きってことだって考えられるだろうが」

無念が口を挟んだ。

「ばか。それなら前から百物語をやってるだろ。素人なんだからすぐにねた切れになって大旦那に泣きついたはずさ。そして、もっと早く真葛婆ぁに御座敷がかかってた」

「今までは怪談噺の得意な噺家を呼んでたとか」

「それは順番が逆だよ。まずは、自分たちでやる。それでねた切れになったら知り合いを頼る。それでも駄目な時には玄人を頼みにする。よっぽどのことがなけりゃあ、玄人を使ってた奴が素人を頼りにはしないさ」

「うーん……」

　無念は黙り込んだ。

「あたしは品川で怪異が起こったと見るね。そして、それが目の迷いでなかったかどうか確かめるために昨日もう一度やってみた。昨日の結果がどうであったかは分からないが、怪異が起こったにしろ、起こらなかったにしろ、次の百物語では必ず怪異が起こる」

「なぜそう推当《おしあ》てた?」

　真葛が訊く。

「本当の怪異なんかあり得ないからさ。誰かがなにかの目的で怪異を仕組んでいる。市之介が仕掛者（詐欺師）の狙う相手か、別の参加者なのかは分からないが、ともかく品川で一度仕掛けた。狙われた奴はそれに乗って、昨日もう一度百物語をやることになった」

「お化けが出た。こいつは面白い。もう一回見てみたいってところか」

　無念が言う。

「そう。昨日の会で怪異が起こらなかったとすれば、それは仕掛けた奴が気を持たせたんだ」

「焦らしたわけだな」

「二回目を焦らしに使ったとすれば、三回目は必ず怪異を起こしてみせる。男の落とし方と一緒さ」

金魚がそう言った時、無念の表情が微かに硬くなった。金魚は慌てて話を続ける。

「もし、昨日怪異が起こっているとすれば、狙われた奴はそれですっかり術中にはまっちまった。ということは、三回目の怪異は仕掛者が本気でなにかを仕掛けてくる」

「怪異が仕掛けだとすれば――」真葛が言った。

「その推当で当たっているだろう。もし、怪異が本物ならば、これは実に興味深い。必ず怪異が起こる百物語というものを体験したい。だが、お前が行けば、すぐにいちゃもんをつけて、場の雰囲気を悪くするに決まってる」

「そんなことはしないよ。ちゃんと百話まで聞かなきゃ怪異は起こらないんだろ？　怪異が起こるまでは大人しくしてるさ。その後、謎解きをするんなら、なんの問題もないだろう」

「うむ……。だが、参加者は怪談を披露しなければならんぞ」

「亡魂なんか信じないが、怪談はあんたに負けないくらい知ってるよ。自分の体験のように語るのだってお手のものさ」

「どんな怪異が起こるか見極めるまで引っ掻き回さないと約束するのならば、同行を許す」

　真葛は威張って言った。

「それじゃあ大旦那。紅梅堂には、真葛婆ぁとあたしで行くって言っとくれ」

「承知するかどうか分からねぇぜ」

長右衛門はしかめっ面で言った。

「そこは、大旦那の腕次第――」金魚は言って、腕を組む。

「それと、今までどんな怪異が起こったのかを知りたいね」

「紅梅堂は怪異が起こったなんて話はしなかったからな――」

長右衛門は鼻に皺を寄せた。

「品川の宿で聞いたらいいんじゃねぇか？」

無念が言う。

「たまにはちゃんと考えるじゃないか」金魚は立ち上がった。

「まぁ、騒ぎになっていればの話だけどね――。けれど、紅梅堂や仕掛者に気づかれないように探るにはその手しかない――。大旦那。紅梅堂の品川での定宿は分かるかい？」

「ああ。佐竹屋《さたけや》っていう宿だって聞いたことがある」

「大坂の世利子は、そこの飯盛女にご執心なのかい」

無念が嫌らしい笑みを浮かべた。

「その女の顔を見に、一緒に行くかい？」

金魚は言う。

「これから品川までか？」

無念はどぎまぎと訊く。

「片道二里（約八キロ）くらいのもんじゃないか。聞き込みをしたって、夜までには帰って来られるよ」

そこで金魚は言葉を切り、濡れ縁に座る無念の肩に手を置き、顔を近づけ嫣然と微笑む。

「それとも、泊まりがいいかい？」

「ば、ばか言うんじゃねぇよ！」無念は飛び上がるようにして立ち上がり、中庭を小走りで通り土間へ向かう。

無念の慌てる様子がかわいいと思う。そして、そういう無念にほっとする。けれど、いつまでも距離は縮まらない——。

「日帰りに決まってるだろうが！」

金魚は離れを振り返り、長右衛門と真葛に向けて戯《おど》けたように舌を出してみせる。

三

ぶらぶらと歩いて一刻《いっとき》（約二時間）かからずに、金魚たちは品川宿に着いた。

佐竹屋は、目黒川に架かる品川橋の南詰めにあった。

金魚と無念は裏手に回り、通用口の近くの路地に身をひそめた。

仲居や下働きらしい女たちや、食事の材料を持ち込む男たちが頻繁に出入りしている。

無念は、気の弱そうな女が出て来ると、「あいつはどうだ?」とか、「こいつならいいだろう」と、金魚に勧めた。

しかし金魚は、「駄目。あの子は口が堅そぅだ」とか、「金に釣られてあることないこと喋るくちだね」とか言って、首を縦に振らなかった。

「へぇ。顔を見ただけでそれが分かるかい。てぇしたもんだ」

「あたしを誰だと思ってるんだい。あんたもちゃんと人を観察しな。だからあんたの戯作の女は紋切り型なんだよ――」

そこまで言って、金魚は唇の前に人差し指を立てた。

「あんたは見えないところに隠れてな」

金魚は、佐竹屋の通用口から出て来た仲居らしい女を追った。

「お姐《ねえ》さん」

金魚が声をかけると、女は立ち止まる。

「紅梅堂さんのこと、ちょいと聞きたいんだけどね」

と言いながら、金魚は女に小さい紙包みを握らせた。

女は警戒したような顔で、「どちらさま?」と訊く。

「紅梅堂さん、近頃お見限りでねぇ。そしたら、品川の飯盛女に入れあげてるって話が聞こえてくるじゃないか――」

金魚は、紅梅堂に囲われている女であるとにおわせた。

「それで、尻尾を摑んでやろうと品川までやって来たのさ。あちこち歩き回って、やっと紅梅堂さんの定宿が佐竹屋さんだと聞きつけたんだよ。ねぇ、紅梅堂さんのお気に入りの飯盛女って誰だい？」

女は金魚の言葉に、口元を隠して笑う。

「紅梅堂さんはお堅い方で、飯盛女なんかに手を出しませんよ」

「嘘を言ったって駄目だよ」金魚は語気を荒らげて、嫉妬した囲われ女を演じる。

「あたしはちゃんとこの耳で聞いたんだからね。何日か前に佐竹屋さんに泊まったって——」

「違いますって。あの晩は男衆ばっかりで、離れで怪談噺をしてました」

「怪談噺？　怪談は夏のもんじゃないか。中秋も近いってのに男どもが雁首揃えて怪談噺に興じるなんて、下手な嘘をつくんじゃないよ」

金魚は地団駄を踏む。

「百物語だから、行灯を十も灯すんです。夏では暑くてできないって仰って」

「本当かい？」

「本当ですとも。あの晩は大騒ぎになったから、宿の者はみんな知ってます。なんなら別の仲居も呼んで来ましょうか？」

「大騒ぎって、なにがあったんだい？」

金魚は怯えた顔をしてみせる。

「百物語は百話語り終えるとお化けが出るって言われてるでしょ？」そこで仲居は声をひそめる。

「本当に出たんですよ」

「お化けが？」

金魚の問いに、仲居は真剣な顔で肯いた。

「百物語の百番目は、大坂から来たお方の番だったんだそうです。市之介さんと仰るんですが——、行灯の灯心を抜きに行ったら、火の番がいない。不思議に思っていると襖が開いて、髪の毛を垂らした白装束の女が——」

仲居はおどろおどろしく、両手を胸の辺りで垂らした。

「その女は、『手燭と行灯をお消しなさいまし……』と言いながら市之介さんに迫った」

「おっかないねぇ……」

金魚は芝居をして、顔をしかめて後ずさった。

「でしょ？」

自分の話で金魚が怯えたので、仲居は気をよくして自慢げに言う。

「ほかの者たちも見たのかい？」

金魚は訊いた。

「いえ。市之介さんだけだったようです」

「みんな、それを信じたんだ」

「次の日の朝餉《あさげ》の給仕をした仲居の話によれば、市之介さんは、自分が見た幽霊を誰も信じてくれないので、『もう一度確かめたい』って仰ってたって話です」

それで紅梅堂でもう一度百物語を開いたってわけだ。推当どおりだね——。

「皆さん、なんで疑うんでしょうね。市之介さんが気の毒で」

仲居は眉を曇らせた。

「怪談噺ってたいてい、知り合いの知り合いが体験した話だけどって前置きがつくじゃないか。だからおっかないけど楽しめる。けれど、自分の身近で怪異が起きれば『自分にも起きるかもしれない』って思いが強くなるじゃないか。そういう時、人は『そんなことあるわけない』って、自分を安心させようとするもんなのさ」

「ああ、そういうものかもしれませんねぇ。お姐さん、ずいぶん深く人の心を読むんですね」

「妾《めかけ》なんてさ、旦那の顔色を見て、先回りして気を遣わなきゃ、いつお払い箱になるか分からないだろ」

金魚は囲われ者の思いを語る。

「ああ……。そりゃあ、大変ですねぇ」

仲居は気の毒そうに金魚を見た。

「まぁ、百物語の話なんかどうでもいいや。そうかい……。品川に旦那のいい女《ひと》はいないかい……」

金魚は大きく溜息をつく。

「そういうことです。市之介さんは、うちの飯盛女にご執心ですけど、紅梅堂さんは大丈夫。安心してお帰んなさいな」

「嫉みってのは嫌だねぇ。胸がじりじりと焦げる思いだよ――。ありがとう。仕事の邪魔をしてすまなかったね」

「なんの。その気持ち、痛いほどよく分かりますよ」

仲居は小さく頭を下げて、小走りに去った。

金魚は無念の元に戻った。

「なんだか真に迫った芝居だったなぁ」

無念は腕組みをして複雑な表情を浮かべた。

「色恋は、普通の女の何百倍と経験してるからね」金魚は肩をすくめる。

「色々と思い出しながら、演じてみたのさ。さぁ、帰るよ」

金魚は歩き出す。しかし、背後に無念の気配が感じられずに立ち止まって振り返った。

無念は腕組みをしたまま立ち尽くし、なにか考え事をしている様子だった。

「どうしたんだい？」

金魚が問うと、無念は顔を上げた。

「お前ぇに嫉みの心を抱かせたのは、どんな奴でぇ？」

虚を衝かれ、金魚は答えに詰まった。

しかし、すぐ笑顔を浮かべて、

「さぁね、忘れちまったよ」

と無念に駆け寄る。そして無念の腕を抱え込むようにして引っ張った。

「なんだかお腹が減っちまったから、なにかご馳走しとくれよ」

「売れっ子戯作者が売れない戯作者に飯をたかるかい」

無念は苦笑いして金魚に引っ張られた。


「語り手を二人、でございますか？」

紅梅堂の主、久右衛門は困惑の表情を浮かべた。

「そうなんだ。ねただけ渡して別の奴に話をされちゃあ、本当の怖さが伝わらないっていうのさ」

長右衛門は煙管を吹かしながら言う。

紅梅堂の座敷、昨日百物語が行われた場所であった。そこで二人は向き合っている。

「いや……。そこそこ怖ければ構わないのでございますが……」

「じゃあ、この話はなかったってことで」

長右衛門は腰を浮かす。

「いや、待ってください、長右衛門さん」久右衛門は手を挙げて長右衛門をとめる。

「語り手というのは、どういうお方でございますか？」

「一人は只野真葛さまという仙台藩の武家の奥方さま。もう一人は戯作者の鉢野金魚だ」

「真葛さまというお方は存じ上げませんが、金魚さまというのは、推当物《おしあてもの》（推理物）の？」

「そうだ。なにかまずいことでも？」

「いや、理路整然と謎を解く戯作をお書きの方が百物語なんかに興味がおありなのかと思いまして……」

「金魚は元来の怖がりでね。亡魂やら物の怪やらってのが怖くて仕方がない。だから理詰めで怪異を解決する話を書くのさ。それに信じてねぇくせに、怖い話はごまんと知ってやがる。語り手として入れて損はねぇと思うぜ」

「ああ、そういうことでございますか……」

久右衛門は少し安心した様子だった。

「だから、二人を語り手に加えてくれ。いいだろう？」

「はい……。それでは、明日五ッ（午後八時頃）までに拙宅へおいでくださいませ」

久右衛門は折れた。

「ありがてぇ。二人とも喜ぶよ」

話は終わったが、長右衛門は立ち上がることなく、腰の煙草入れを取って煙管を吸いつけた。

「ところで、大坂から来た世利子の荷の目玉はなんだい？」

「逸品揃いでございますよ」久右衛門は自慢げに微笑む。

「薬楽堂さんも世利市会へお出でで？」

「うん――。今回はやめておくかな」

「持っていれば値が上がるものもございますよ」

「そうだな――。なら、ちょっと覗いてみようか」

「そうなさいませ」

「時に、今度の百物語に集まるのは品川や二回目の百物語と同じ連中かい？」

「いえ。入れ替わりがございます」

「抜けた奴は、たかが怪談を怖がっているのか、ばかばかしいと思ったか――」

「そこは、ご本人の面子《めんつ》もございますから」

長右衛門ははぐらかした。

「参会者はみな市之介と商売の繋がりがあるのかい？」

「元々わたしだけでございましたが、市之介さんはいい品物を揃えるので、皆さん興味を持たれているようで。今回は商売に繋がることになるかもしれませんねぇ」

「なるほど――」長右衛門はもう少し突っ込んで訊こうと考えた。

「百物語にあたって、なにか気をつけなきゃならねぇことはあるかい？」

久右衛門は答えに迷った様子で、少し間を空けたが、

「特にございません」

と答える。

「精進潔斎《しょうじんけっさい》をしておかなきゃならねぇとかさ。ほれ、百話話せば怪異が起こるって話もあるじゃねぇか」

今度の百物語に、品川と昨日の百物語に参加した者もいるならば、必ず前に起こった怪異についての話題が出る。ここでしらを切れば、あとからなぜ言わなかったかと問いつめられる元ともなる。それが分かっていれば、久右衛門は正直に話さざるを得ない。

長右衛門はそう考えたのである。

ただし、一つだけ逃げ道はある。それを使われたら、諦めるしかない――。

久右衛門も同じようなことを考えているのだろう。長右衛門から視線を外して、先ほどよりも長く考え込んでいる。

そして、深く溜息をついた。

「これを言えば、参加は見送ると言われそうで黙っていたのですが、前回も前々回も

怪異が起こっているのでございます」

　長右衛門は内心ほっとした。『これを言えば参加を見送られる』ということで、最後までしらを切り通すという手を使われずに済んだ。

「ほぉ。どんな怪異だい？」

「女の亡魂が出るのでございます」

「そいつは凄《すげ》ぇな」長右衛門は大袈裟に驚いてみせる。

「只野真葛さまは常々、本物の亡魂を見てみたいと仰せられている。本当に出ればお喜びになる」

「左様でございますか」久右衛門は安堵の表情を浮かべたが、すぐに心配そうに訊く。

「金魚さんの方はいかがです？」

「金魚のことはうっちゃっていい。怪異が起こると聞いて逃げ出そうとしたら真葛さまが止めてくれるさ。たとえ逃げたとしても、真葛さまは一人で百物語ができるくらいねたを持っていると豪語なさっている。心配はいらねぇよ」

「なるほど――」

　久右衛門は肯いた。

「亡魂はなにを訴えて出て来たんだろうな」

「さて……。見たのは市之介さんばかりでございますから」

「そうかい。その話、市之介さんから聞くことはできねぇか？」

長右衛門が聞くと、久右衛門は急に警戒の表情を浮かべた。

「それはおそらく今度の百物語のねたになるんでございましょうから、ご遠慮願います」

「ああ、なるほど。それもそうだな」長右衛門は話を切り上げることにした。

「それじゃあ、真葛さまと金魚に伝えておく」

四

金魚は薬楽堂のある通油町近くで「ちょいと疲れたから家に戻るよ。夜には薬楽堂へ行く」と言って無念と別れた。

歩きながら、何度も溜息をついている自分に、金魚は気づいた。

浜町堀の畔で立ち止まった金魚は大きく溜息をついた。

「こんなに苦しいんなら、いっそのこと江戸を離れてみようかね……」

川面を見つめながら金魚は呟いた。


無念は金魚と別れた後、心が騒ぐのを抑えられず、薬楽堂から少し離れた、今まで入ったことのない居酒屋の暖簾をくぐった。いつもなら、戯作者仲間がたむろする

〈ひょっとこ屋〉へ行くのであるが、今日は誰にも話しかけられずに飲みたかった。

初めて入る店の床几《しょうぎ》に座り、無念は酒と目刺しを頼んだ。

ちびりちびりと酒を啜りながら、百物語の件を考えようと思うのだが、浮かぶのは金魚のことである。

この心の焦燥が収まるまでじっと我慢をすれば、いい友だちとしてつき合い続けられる。

金魚への思いをずっと秘めてさえいれば、少なくともいつもそばにいることはできるのだ。

「仕方がねぇよな……。おれが甲斐性なしなのが悪いんだ……」

思わず知らず、目から一筋涙がこぼれた。

無念は周りの客に気づかれないように、そっと指でそれを拭った。

浅草福井町の長屋に戻り、とりあえず心の中をざっと整理した金魚は、暗くなった頃、薬楽堂へ向かった。

薬楽堂が近づくと、前を歩いている無念に気づいた。

心の臓がどきりと鳴り、金魚は迷った。

いつもどおりに駆け寄って軽口を叩こうか、それとも少し間を空けて薬楽堂へ入ろうか。

無念は薬楽堂の暖簾をくぐる。

金魚は少しだけ間を空けて、店に入った。


最初に無念、そして少し間を空けて金魚が入って来たのを見て、長右衛門は言った。

「なんでぇ、二人とも冴えない顔をしやがって。品川で喧嘩でもしてきたか？」

「んなわけないだろう」

間髪を入れずに金魚が答える。無念がどきりとしたような顔をしたのを見たからである。間を空ければ長右衛門にいらぬ詮索をされる。

しかし、同じ離れに座っている真葛は、探るような目を二人に向けていた。

「あたしらは仲良しだよ」

金魚は無念の横に座って、その肩にしなだれかかる。ちらりと見ると無念は引きつったような笑みを見せている。

「やめろよ。貧乏戯作者に昼飯を奢らせるような奴とは仲良くなんかしたくねぇよ」

無念は精一杯芝居をした。

「それで、真葛婆ぁとあたしが百物語に出る件はどうなった？」

「そっちは大丈夫だ。詳しくは聞けなかったが、百物語で亡魂が出るって話も聞き出した」

長右衛門が子細を語ると、真葛が、

「なるほど、残念ながら今回は本物の亡魂は出ないようだ」

と金魚を見た。

「今までずっとそうだろ。亡魂なんかいないんだよ」

「たまたま、偽物が続いているだけだ」

「婆ぁは頑固だね――」

反論しようとする金魚を長右衛門がとめる。

「続きは二人っきりでやりな」

「そうだね――」金魚は肩をすくめる。

「じゃあ、推当をしようか。まず、怪異は市之介を狙ったものと見て間違いないだろうね」

「とすれば、市之介と繫がりのある紅梅堂が仕掛けているか」

真葛が言う。

「市之介が運んで来た品物に、この仕掛けの理由があるってところかな。祟りのある品物とかいちゃもんをつけて、手放させる」

「しかし、運んで来た品物は、紅梅堂が注文したものじゃないのか？」

無念が口を挟んだ。

「値段は市之介との相談だ」長右衛門が言った。

「紅梅堂がどうしても欲しい物に、市之介が法外な値をつけたってのはどうだ？」

「だけど――」無念は腕組みをして首を傾げる。

「それを手放させようと、亡魂の芝居を打ったとすれば、すぐにばれるんじゃないか？」

「元々、祟りがありそうな品物だったら『やっぱり』ってことで、手放すことを考えるだろ」

金魚が言った。

「でもよう。市之介が持って来た版木や古本は、おそらく紅梅堂が預かってるんだろ？　だったら、たとえば目当ての本を盗人が入って盗んだとかいうことにすりゃあいいんじゃねぇか？」

「奉行所が出張《でば》って来て、大事になる。それに盗まれたんなら、その責任は紅梅堂にあるから、市之介に賠償を求められるだろうね」

「なるほどなぁ。市之介の方から手放すように仕向ける仕掛けか――。だけど、『亡魂が憑いているようだから手前が引き取りましょう』なんて言えば、疑われるぜ」

「疑われずにすむ方法は何通りもあるさ。どの手を使うかは分からないけどね」

「欲得が絡んだ偽亡魂騒ぎか」真葛はしかめっ面をした。

「怪異がそういうものに利用されようとしているのは面白くないいな」

「こっちが騒ぎを起こしてやるんだけどね。あたしらが首を突っ込まなきゃ、紅梅堂の思惑どおりに事が進んだだろうさ。まぁ、紅梅堂をとっちめて、溜飲を下げな」

金魚は言葉を切って長右衛門の方を向く。

「あたしらの方も、品川の宿で亡魂騒ぎがあったって話を確かめた」

金魚は品川の旅籠佐竹屋の仲居から聞いた話を語った。

「なるほど、市之介を狙った仕掛けって線は確実のようだな——」長右衛門は肯く。

「すまねぇが、金魚は臆病だから、怪異の謎を理路整然と解く話を書くってことにしたから、上手く芝居をしろよ」

「あいよ。まかしといておくれ。——ってことで、百物語の晩の兵略《ひょうりゃく》を立てようかね」

五

紅梅堂の座敷に、七人が集まった。母屋の奥まった一室で、十畳ほどの広さ。座敷の隅には参会者の持ち物らしい合切袋や風呂敷包みが置かれていた。

金魚と真葛、久右衛門。そして、浪速屋一郎兵衛。書肆の寿屋秀五郎、中野屋辰二朗。世利子の市之介。前回参加していた神明堂の義之助の姿はなかった。金魚と真葛の参加についてはあらかじめ説明がなされていたのか、理由を問う者はいなかった。

「なんだい。義之助さんは怖じ気づいたかい」

一郎兵衛が言う。

「その代わりと言ってはなんですが、もうお一人呼んでおります」

「どなたです？」

市之介が訊く。

「いわく付きの品物に興味のあるお方です」

久右衛門の言葉に、金魚と真葛はさりげなく目配せした。

〝いわく付きの品物に興味のあるお方〟ってのを一人加えることで、自分への疑いをそらそうと思ったかい。あまり賢い手とはいえないね――。

金魚は、廊下をこちらに歩いて来る足音を聞いて、障子の方へ顔を向けた。

からりと障子が開き、身なりのいい中年男が入って来た。

「お待たせいたしましたか？ 申しわけございません」男は空いた席に座る。

「わたくし、川越の呉服商、上総屋《かずさや》義右衛門《ぎえもん》と申します。怪談は三度の飯よりも好きでございまして」

参加者たちはその言葉に微笑を浮かべる。

「あんさんがいわく付きの品物に興味があるお方で？」

市之介は義右衛門の顔を覗き込むように見る。

「左様でございます。なにやら、いい品物があると聞き、うきうきとやって参りました。ただ、こちらが欲しがっているということで値段を吊り上げられては困りますよ。わたしは、人助けも兼ねて買い取っておりますから。こちらの言い値で――」

「まぁまぁ、商談は後にいたしましょう」久右衛門が言う。

「一晩で百話の怪談を語り切るのはなかなか難しゅうございますから」

その時、梁が軋むような音がした。

全員が、はっとして音のした辺りを見上げる。

ぱきっ

と、細い木が折れるような音もする。

「集まり始めたようだな」

真葛がぼそりと言った。

久右衛門が怯えた顔で真葛を見る。

「と仰せられますと？」

「亡魂が集まり始めると、まず微かな家鳴りが起こる」

「今まではなかったぞ」

浪速屋一郎兵衛が言う。

「今まで？」金魚が眉をひそめて言う。

「この会は三回目の百物語とお聞きしましたが、前の会では音がしなかったので？」

「音はしなかったが」寿屋秀五郎が鼻に皺を寄せた。

「市之介さんは亡魂を見たよ」

「そんな話は聞いてない！」

金魚は臆病者を演じて立ち上がる。

「待てっ！」

真葛は金魚の裾を摑む。

たたたたたたたっ

襖の向こうの隣室から、畳の上を走る音が聞こえた。

金魚はびくりと体を震わせた。

中野屋辰二朗がさっと立ち上がって襖を開けた。

こちら側の行灯の明かりでぼんやりと照らされた座敷は無人である。

「今、この座敷から出てはならぬ」言って真葛は目を閉じ、首を傾げた。

「なにやら亡魂らは怒っているようだな。なにか隠世《かくりよ》のものらを怒らせるようなことをしたか？」

その言葉に久右衛門がぎょっとした顔になる。

「この座敷を出てはならないなら、行灯の灯心を抜きに行けないぞ」

一郎兵衛が言った。

「こういうこともあろうかと、護符を用意した」

真葛は懐から紙入れを出し、細長い紙に梵字《ぼんじ》と奇妙な図形を書き込んだものの束を久右衛門に渡す。

久右衛門は震える手でそれを受け取り、皆に配った。

金魚はそれを受け取ると、小走りに座敷を出ようとした。

「金魚、どうするつもりだ？」

真葛が言う。

「分かりきった事を訊くんじゃないよ！　帰るんだよ！」

「金魚。お前の家はどこだ？」

真葛が訊く。

金魚は立ち止まって振り返る。

「浅草福井町だよ」

金魚は真葛を睨んで答えた。

「護符は命を守ってはくれるが、亡魂はそばまで寄ってくる。お前は帰り道、様々な亡魂につきまとわれることになるぞ」

「それじゃあ、どうすりゃあいいんだい！」

金魚は障子の手前で座り込んだ。泣き出しそうな顔になる。

「この怪異は朝までだ。以後は亡魂は鎮まり、皆に障りはない。朝までここで耐えるしかない」

「それじゃあ、百物語は取りやめにした方がいいのでは?」

久右衛門は青い顔を真葛に向ける。

天井や隣室からの異音は続いている。

「いや。やめれば亡魂らはますます怒るであろうな。きっちり百話、話をしてこの会を終わらせなければ、大変な障りがあろう」

「分かりました……」

久右衛門がそう言うと、音がぴたりと止んだ。

「それでは、まずわたしから――」

久右衛門は障子の前に座り込んでいる金魚に、席に着くよう手で促す。

金魚がのろのろと座に戻ると、久右衛門の話が始まった。

夜中に帳場で仕事をしている時に、肩を叩きに来る亡魂の話であった。

語り終えて、久右衛門は廊下に出る。

雨戸は開け放たれていて、中秋の名月が皓々《こうこう》とした銀色の光で中庭を照らしていた。

廊下の奥に青白い光を透かす障子が見えている。

月明かりでも、歩くのには十分な明るさがあったが、久兵衛は手燭を持って廊下を進む。

前方に人影がうずくまっている。久右衛門は驚いた様子も見せずに人影に声をかけた。

「おい、貞太郎《さだたろう》」

貞太郎は、紅梅堂の番頭であった。

「始めるのが早過ぎるから冷や汗をかいたぞ。打ち合わせどおりにやれ」

人影からの返事はない。

「おい、貞太郎」

久右衛門は人影に近づく。

その足がぴたりと止まった。

月明かりと手燭の明かりに照らし出されているのは、ぼろぼろの野良着を着た百姓の背中であった。結った髪は乱れ、藁屑や乾いて砕けた落ち葉などがくっついている。

「お前、誰だ?」

久右衛門は後ずさる。

百姓はゆっくりと久右衛門の方を向いた。

見たことのない若者であった。虚ろな目で久右衛門を見ると、にやりと笑う。

久右衛門は自分の口を掌で覆って悲鳴を抑えた。全身の毛が逆立った。

若い百姓は脇の襖を開けて中に入る。

久右衛門は恐怖に耐え、開けられたままの襖から座敷の中に手燭を差し入れる。

座敷には誰もいなかった。

久右衛門は左手を懐に突っ込み、真葛からもらった護符を取り出した。

それをしっかりと持って、青白い光が漏れる座敷へ走る。

「祥吉、今そこで百姓の亡魂が――」

言いながら障子を開けると、無人の座敷に十の行灯が灯っているだけである。

「祥吉。どこだい？　まだ姿を隠さなくてもいいんだ」

久右衛門は奥の襖を開ける。しかし、誰もいない。

「祥吉！　悪さをしてないで、出て来なさい！」

久右衛門は声を荒らげる。

振り返った目に、小さな人影が映じた。

黒い着物を着た、十歳になるかならないかに見える娘である。尼削ぎに切った髪の下から、鋭い目でじっと久右衛門を見つめている。十の行灯の青い光が、不気味に娘を照らしている。

「誰だい？　どこから入った？」

久右衛門が訊くと、娘は口を笑いの形に開けた。歯がなく、口の中は真っ黒であった。

「わっ！」

久右衛門は叫んで後ずさる。

娘は久右衛門の方へ走る。

「く、来るな！」

久右衛門は座敷を逃げ出そうとしたが、恐怖のために体が思うように動かない。

娘は久右衛門のそばを駆け抜ける。

線香のにおいがした。

娘は隣室の闇の中に消えた。

「どないしはった、紅梅堂はん！」

廊下から市之介の声と、数人の足音が聞こえた。

久右衛門は座敷から転がり出る。

「出ました！　亡魂が出ました！」

床に座り込んだ久右衛門は立ち上がろうとしたが腰から下に力が入らない。廊下を走って来る者たちの方へ這った。

「今度は紅梅堂はんも見はったか」

市之介は行灯の間を覗く。

祥吉が座っていて、怪訝な顔をして市之介を見た。

「あの……。旦那さまの声がしたのですが……」

久右衛門は這って行灯の間に顔を突っ込む。

「祥吉！　お前、今までどこにいた？」

「ここに座っていました……」

祥吉は怯えた顔で答えた。

「うーむ……」

久右衛門は唸る。『そんなはずはない』と言いたいところだったが、参会者たちに疑われてはまずいと、その言葉を飲み込んだ。

「怪談会に怪異はつきものだ」廊下の曲がり角から顔を出した真葛が言う。

「百物語の怪異も、百話目が終わってから起こるものばかりではない。これは、今宵の百物語は荒れるぞ」

真葛は嬉しそうに笑い、角から顔を引っ込めた。

六

久右衛門以外の参会者に怪異は起こらず、順調に百物語は進んだ。

真葛が十話ほど続けて話し、灯心を抜きに行った。

次が久右衛門で二巡目の始まりだった。

「久右衛門」戻って来た真葛が小首を傾げながら座る。

「手代はどうした？」

「祥吉がどうかしましたか？　あっ。座敷にいなかったのでございますか？」

「いや――。その祥吉という手代は知らぬが、座っていたのは清之助《せいのすけ》と名乗る若者の亡魂であったぞ」

真葛が言うと、久右衛門以外の者たちが「えっ」と声を上げた。

「ちょいと待ちなよ」金魚が言う。

「あたしが灯心を抜きに行った時も、『火の番の祥吉は具合を悪くいたしまして、わたくし清之助が代わりを務めます』と言ったよ！　あいつは亡魂だったのかい！」

それを聞いて一郎兵衛が震える声を出した。

「前の手代と違うから、祥吉はどうしたと訊いたら、同じ事を言われた」

秀五郎、辰二朗も「わたしも同じだ」と顔を歪めた。

「紅梅堂には清之助という者はおりません……」

久右衛門が言うと、皆の顔が青くなった。

「皆さん、確かめに参りましょう」

久右衛門は一人で行くのが怖いものだから、そう促した。

ぞろぞろと廊下を進み、行灯の間の障子を開ける。

そこには祥吉が座っていて、「どうなさいました？」と、訊く。

「清之助はどうした？」

一郎兵衛が険しい顔で祥吉を問いつめる。

「清之助……。存じませんが。ここにはずっとわたし一人でございます」

祥吉の言葉に、一同は顔を見合わせる。

「いくらなんでも、こんなに怪異が続くのは尋常やない。なにかもっと恐ろしいことが起こる前触れかもしれへん……。今日はもうやめたほうがええのではおまへんか……？」

市之介が泣きそうな顔で言う。

「いや」真葛が強く首を振った。

「さっきも言うたであろう。途中でやめるのは危険だ。特に、これほどの怪異が起こる百物語だ。途中でやめれば、話を続けたことで起こる怪異よりも、もっと恐ろしいことが起こるぞ」

「しかし……」

久右衛門が、すがるような目で真葛を見た。

「いや。いかん。以前、こういう話を聞いたことがある。その百物語も最初から怪異が続発したのだそうだ。それで恐ろしくなり途中でやめようという話になった。皆でそうしようと言った時、突然、座敷の中で俄雨《にわかあめ》のような音が響いた。皆が驚いて音の方を見ると、亭主が首を引きちぎられ、噴き出した血が雨のような音を立てていたという――」

一同の顔はすっかり凍りついてしまった。

そして、すごすごと、百物語の座敷に戻った。

百物語は続いたが、間を置かずに聞こえる家鳴り、足音、微かな話し声などに怯えた参会者たちの興は明らかに削がれていて、芝居がかった語りをする者はなかった。抑揚もない口調で、突然聞こえる物音に途切れ途切れに怪を語っていく。

真葛だけは、震える参会者たちに気をよくして、絶妙な間と克明な情景描写、心理描写で参会者たちの恐怖を煽る。

市之介に話者の番が回ったところで、たまりかねたように金魚が言った。

「ねぇ、あんた。この怪異は、あんたが運んで来た物に関係しているんじゃないのかい？」

「なぜ急にそんな……」

市之介が慌てたように言った。

「推当物の戯作者を甘く見るんじゃないよ。あんたが来てから三回目の百物語。こいつは、あんたのために開かれていると考えていい。そして義右衛門さんはいわく付きの品物が欲しいと言う。つまり、あんたの持っているいわく付きの品物を買いたいってことだろう。わざわざこの席に現れたのは、その〝いわく〟が本物かどうか確かめるため。ならば、あんたが持って来た品物の中に、いわく付きの物があるってことだ」

市之介と久右衛門は顔を見合わせる。

市之介が小声で文句を言う。

「なんで、こんな女を呼んだんや」

「怖い怪談を知っているというからですよ……」

「ごちゃごちゃ言ってないで白状しな！」

金魚が畳を叩いた。

「いわく付きの品物というのであれば、それを百物語の一話として聞かせてもらおう」

真葛が提案する。

「ううむ……。仕方がおまへんな。事の起こりは、去年の春。大坂のさる大家から、本を処分したいから引き取りに来て欲しいという依頼を受けたんです」

――行ってみると、蔵一つに先代が道楽で集めた本が詰まっていた。稀覯《きこう》本の類いは少なく、ほとんどが二束三文の黄表紙や愚にもつかない私家版の本であったが、蔵の棚の一番奥まったところに、一組の版木があった。全部で五丁ほど。版木は一枚が二頁分で一丁と呼ぶので、五枚あまりの版木であった。

墨の跡がなく、摺られた様子はなかった。

不思議に思って、市之介はそれを引っ張り出し、埃を吹き飛ばして表紙の版木を見た。

「筆者の名前を見てびっくり仰天」市之介は言葉を切って一同の顔を見回す。

「誰やと思わはります？」

「分かるわけないじゃないか。もったいぶってないでさっさと言いな」

金魚は顎で促す。

「ここがええとこやのに……」市之介は不満そうな顔でぶっきらぼうに答えた。

「円山応挙《まるやまおうきょ》」

「応挙って、絵師の応挙かい？」

金魚は驚いて訊いた。

「私家版のようで、挿し絵も応挙の手になる物《もん》やった。手遊《てすさ》びに書いて、なにか都合が悪うなってしまい込まれた物やったんやろな」

「五丁とは少ないな」

真葛が言う。

「話の途中でぷっつりと切れとりました」

「版木だけでよく分かったな」

「長く商うておりますさかい。それでも、読みづろうおましたんで、摺ろうかと考えましたが、骨董として見れば、まっさらな版木ってところにも価値がおます。それで、拓本の要領で紙を載せ、墨をつけた打包《たんぽ》でぽんぽんと。それを裏から読んだんでおます」

「応挙が書いた物なら、怪談かい？」

秀五郎が訊く。

応挙は幽霊画が有名だが、もちろんそればかり描いていたわけではない。しかし、いわく付きの品物というからには、内容は怪談であろうと考えたようであった。

「京都の町中であった怪談話や。これはええ物を見つけたと、世話になっている大坂の本屋に持ち込んだんやけど――」

「偽物だと突っぱねられたかい」

金魚が言う。

「ご明察。未完ではあっても、このまま摺って売ったら評判になる言うて勧めたんやけどね。偽物なんて売ったら店の評判は地に落ちるて。ほんで、紅梅堂はんに相談の手紙を書いたんや」

「紅梅堂さんは――」金魚が言う。

「とりあえず、今度の世利市会用の荷物と一緒に持って来て見せてくれと言った」

金魚は芝居をするのを忘れ、すっかりいつもの調子に戻っていた。隣の真葛がさりげなく金魚の尻をつついた。

金魚は小声で「推当をしてるからいいんだよ」と返す。

「それで、紅梅堂さんは品川でそれを見たんだね？」

「はい……」

久右衛門は小さい声で答える。

「偽物だと思ったかい？　それとも本物だと？」

「分かりかねました」

久右衛門は即座に答えた。

「どっちか分からへんから――」市之介が言う。

「とりあえず何人か詳しそうな本屋を呼んで見てもらおうということになったんや」

「なるほど。それで皆さんが品川に集まったってわけだね――。皆さん方は版木も見たんですね？　真贋についてはどうお考えで？」

「偽物に決まっていると思ったが――。怪異が三回も続くとなぁ。応挙ほどの画力を持った絵師であれば怪異を招く絵や物語も書けるのではないかという気持ちになっている」

一郎兵衛が言うと、そのほかの者たちも肯いた。

「まぁ、そういう厄介な物を欲しいとは思わないがな。店や家でこういうことが頻発するのではかなわない」

一郎兵衛は苦笑した。

「ふーん」金魚は微笑を浮かべて肯いた。

「一回目の百物語を品川の旅籠でやることになった経緯は？」

「版木を見ても真贋は分からへんということになって、それじゃあ仕方がないと、酒を酌み交わしているうちに、誰かが『百物語でもやってみましょうか』と言い出したんや。誰やったかなぁ」

　市之介は一同を見回す。

「確か、紅梅堂さんだった」中野屋辰二朗が言う。

「今、浪速屋さんが言った『応挙ほどの画力を持った絵師であれば怪異を招く絵や物語も書ける』っていう言葉を紅梅堂さんが言って、百物語をすればなにか怪異が起こるんじゃないかってことになった」

「ああ、せやった、せやった。怪異が起これば、応挙の作という判断をする一助になるかもしれへんってことになったんやった。わたしは怪談が大好物やったから、一も二もなく、やろうと賛成した」

「紅梅堂さんが百物語の言い出しっぺってことでござんすか」

　金魚が顔を向けると、久右衛門は目を逸らした。

「その版木をここに持って参れ」真葛が言う。

「わたしと金魚でその真贋を判断して進ぜよう。また、その版木に亡魂が憑いているのかもな」

「真贋を判断できるんでっか？」

　市之介は訊いた。

「少なくとも売り物になるかどうかは分かるよ」

　金魚が言った。

「ならば、お願いしますわ——。紅梅堂はん。蔵から持って来ておくんなはれ」

「しかし……」

久右衛門は逡巡する様子を見せた。

「なにを躊躇《ためろ》うておる。蔵へ行くのが恐ろしいか？ 蔵には亡魂が渦巻いているやもしれぬからな。それとも、なにか別の理由でもあるのか？」

真葛が訊いた。

「その、亡魂が恐ろしゅうございますので……。明るくなってからではいけませんか？」

「怖ければ、わたしがついて行って進ぜよう。亡魂が近づいたならば、追い払うてやる」

真葛は「よっこらしょ」と立ち上がる。

「百物語は一時中断だ。版木の件がはっきりした後、続きをいたそう。わたしが座敷を空ける間、皆を守る呪《まじな》いをしておこう」

真葛は「臨兵闘者皆陣列在前！」と九字を切った後、久右衛門を手招きして座敷を出た。


紅梅堂の中庭に、三つの人影があった。北野《きたの》貫兵衛《かんべえ》と又蔵《またぞう》、そしてけいである。

けいは、久右衛門が行灯の間の奥の座敷で見た黒い着物を着た幼女。貫兵衛は、家鳴りを起こし、囁き声を聞かせる役目であった。又蔵は百姓の幽霊を演じた。

中庭の三人は黒装束である。先ほどまでけいが着ていた着物は風呂敷に包んで植え込みの陰に隠していた。

中庭に、提灯を手にした久右衛門と真葛が現れた。

けいは姿勢を低くして植え込みの中を走った。

ざわざわと植木の枝が揺れた。

久右衛門がびくりと身を震わせ、植え込みの方へ提灯を向ける。

弱々しい蠟燭の明かりは庭を照らし出すほど強くはないので、植え込みの中を走り回るけいや、木の陰に身を潜めている貫兵衛、又蔵の姿は見えない。

「庭にまで亡魂が集まっておるな」真葛は低い声で言った。

「しかし、我らは護身法で守られておるから大丈夫だ」

真葛は「ナマク　サマンダ　センダンマカロシャ――」と、真言を唱えながら歩く。

けいは植え込みから飛び出し、久右衛門の尻を叩く。

「ひえっ！」

久右衛門は悲鳴を上げて振り向き、後ろを提灯で照らすが、けいはすでに植え込みに飛び込んでいる。

「恐れるな、恐れるな。恐れれば亡魂の餌食となるぞ」

真葛は蔵の前に立ち、久右衛門に鍵を開けるように促した。

百物語の座敷の中央に、五枚の版木が置かれた。怪異に怯えていた参会者たちは一時でもそのことから気が逸れるからであろう、ほっとした表情で版木を見た。

真葛と金魚は一枚一枚、丁寧に版木を確かめていく。そして、市之介が別の荷物の箱から取り出した版木の拓本にも目を通した。

「いかがです？」

市之介は二人の顔を覗き込む。

「表紙の版木がないな――」

真葛の言葉に、久右衛門は焦れたように、

「そんなことより真贋はいかがでございます？」

と訊く。

「おそらく偽物だな」

真葛は言った。

「完全に偽物とは言い切れないけど、一つだけ確かなことがある」

金魚が付け足した。

「なんでございます？」

市之介と久右衛門が同時に訊いた。

「この話、売り物にならないくらいつまらないってことさ」

「同感だな」真葛はゆっくりと肯いた。

「思いつくままに書いておるから、まったく戯作の体《てい》をなしていない」

「え……」

市之介と久右衛門は落胆の表情を浮かべた。

「文章はねじくれてるし、話があっちこっち飛ぶ。まったくの素人の手だね。京の町で実際にあった出来事ってことだが、ねたはありきたり。出所は知り合いの友だち――。話にならないね」

金魚が言った。

「亡魂は……。どんな亡魂が憑いているのでしょうか？」

久右衛門が訊く。

「亡魂は憑いておらぬようだ」

真葛の言葉に参会者たちはざわめいた。

「では、今まで起こっていた怪異は――？」

市之介が訊く。

久右衛門の表情が、今までで一番、硬く強張った。

「版木とは関係なく集まった亡魂らの仕業のようだな。怪異を語るところに亡魂は集まる。特に邪《よこしま》な心を持つ者がおると、亡魂は嬉々として集うのだ」

「この中で邪な心を持つ者は誰だい？」金魚は一同を見回す。

「亡魂を利用して、金儲けを目論んだ奴はいないかい？」

真っ先に口を開いたのは市之介であった。

「品川の宿で百物語を開いた時、紅梅堂はんから『応挙の版木に亡魂が憑いているからに違いない』と言われ、商売に繋がると考えたんや……」

「ほぉ。紅梅堂さんは、最初から応挙の版木が怪しいと分かったかい」

金魚が顔を向けると、久右衛門は慌てて手を振った。

「いえ。わたしは『市之介さんの持って来た品物の中に、亡魂が憑いていそうなものはありませんか？』と訊いたのです。応挙の版木が怪しいと言ったのは、市之介さんで」

「そりゃあ、怪談を扱った品物はあれだけやったから、そう考えるのは当たり前でんがな――。それで、亡魂憑きの怪談の版木なんていい宣伝文句になるからって、欲をかき、版木の値段を吊り上げたんで」

「わたしにはとても払えない金額でございましたから、それなら買ってくれる方をご紹介いたしましょうと――」

久右衛門は義右衛門を見る。

「義右衛門さんは、即金で買うつもりだったかい？」

金魚は訊いた。

「いや……。前金を用意して来た」

「ふん」

金魚は鼻で笑い、立ち上がって、参会者たちの荷物を置いた座敷の隅へ歩く。そして、荷物の中から四角く薄い風呂敷包みを選び、抱え上げた。

「これは誰の荷物だい？」

金魚が訊くと、市之介が「わたしのや」と答えた。

「中身は着物に包んだ表紙の版木。百物語の場に亡魂を呼ぶ依代《よりしろ》の代わりに使ったかい？」

「ご明察や……。品川で亡魂を見たんやが、皆が見間違いだと言わはるし、朝になると本当《ほんま》に見たんかどうかあやふやになってきた。紅梅堂はんに言うたら、ほんなら店に戻ってもう一度試してみようって言わはった。せやけど、百物語をして怪異が起こるってだけやったら、本当に版木が元になっているかどうか分からへん。せやったら、版木を一枚、百物語の座敷に持ち込もうってことになったんや」

「まとめてみようか」真葛が言う。

「市之介は応挙の版木を見つけて、紅梅堂に相談をした。亡魂憑きの版木ということで欲をかき、高値をふっかけたら、自分では買えないから、別の人物を紹介しようということになった。これが版木に関わる筋だ。それに絡まる百物語の筋はこうだ――。

たまたま百物語を行ったら怪異が起こった。それが応挙の版木に憑いた亡魂のせいだと判断したが、まだ確信できないので、紅梅堂に来てから二回、百物語を試した」

「この筋の中ですっきりしないのは、〝たまたま〟がつく、品川での百物語」金魚が言う。

「その〝たまたま〟に、〝思いついて〟って言葉をあてはめると、ずっと筋が通ってくる。そして、〝誰が〟って言葉をくっつけると、もっと分かりやすくなる」

金魚の言葉に、一同は久右衛門に顔を向けた。

久右衛門は無言で強く首を振る。

「それで、人の名前を入れて推当ててみるとこうなる。紅梅堂さんは、応挙の版木をどうしても欲しかった。まず、その版木が怪談であったことから、怪異を起こして市之介さんを脅かし、手放させようとした。しかし、市之介さんは手放すどころか、それをねたにして金儲けをしようとした。紅梅堂さんの第一の失敗だ。ならば誰か買い手を仕立てて、手付け金だけ払って持ち逃げさせようと考えた。上総屋義右衛門――。川越に本当に上総屋っていう呉服屋があって、あんたがそこの主かどうか、確かめてみなきゃならないけどね」

金魚の言葉に義右衛門の顔から血の気が引いた。金魚はそれを見て満足げに肯くと、話を続ける。

「ところが、市之介さんは、怪異が本物かどうか確かめたくなった。それでもう一度、百物語を開くことを提案した」

　金魚の言葉を真葛が引き継ぐ。

「そこでも怪異が起きた。それで、市之介は応挙の版木に亡魂が憑いていることを確信し、今度は、紅梅堂が手配した買い手に、版木が亡魂憑きであることを見せるために三度目の百物語を開くよう求めた――。怖じ気づいた一人が抜け、怪談のねたに困った紅梅堂は、薬楽堂に助けを求め、わたしに声がかかった」

「どうだい、紅梅堂さん。これで筋は通るよね」

　久右衛門は青い顔をして、口をぱくぱくと動かしたが、言葉が出てこない様子であった。目の泳ぎ方から、どうやってこの場を誤魔化そうかと考えているのだと金魚は思った。

「けれど――」市之介が言う。

「筋が通らない話が一つあるで」

「今夜の百物語で起こった怪異が、どう考えても紅梅堂さんが仕組んだものとは思えないってことかい」

　金魚が訊く。

「せや。思い返せば、前の二回の紅梅堂はんの怯え方と、今回のそれは、明らかにちゃう。今回のは心底怖がっているように思うんやけど――」

「それは、本当の怪異が起こっているからさ」

真葛がにやりと笑う。

「さぁ、百物語の続きを始めようよ。さもないと、本物の亡魂が騒ぎ出すからね」

金魚が言った。

「しかし……」一郎兵衛が険しい目つきで久右衛門を見る。

「我らを謀った男と同席するのは不愉快だ」

「いやいや」真葛が言う。

「さっきのは我らの推当を語ったまで。市之介は自分の邪な心を語ったが、紅梅堂はまだ認めておらぬ。まだ、貴公らを謀ったのかどうかははっきりしておらぬのであるから、決めつけてしまうのはかわいそうだ。のう紅梅堂。上総屋」

久右衛門と義右衛門は何か言おうとしたが、互いに顔を見合わせて口を閉じた。

なにか上手い言い訳を考えて逃げおおせるつもりなのだろうと、金魚は思った。

百物語が終わるまでに、それを思いつくかねぇ。まぁせいぜい知恵を絞るんだね――。

「誰の番だったか忘れたから、あたしから話すよ」

金魚は、遊女であった頃、仲間が出会った亡魂の話を始めた。

七

話を語り終えて、金魚は端唄を口ずさみながら手燭で廊下を照らし、行灯の間へ向かう。

青白い光の漏れる障子を開けると、そこには二人の若者が座っていた。

祥吉と、薬楽堂の手代、清之助であった。金魚の端唄が合図で、奥の座敷から姿を現したのである。

清之助の役目は、祥吉と入れ替わりながら、亡魂〝清之助〟を演じること。奥の座敷に身を隠し、祥吉がこちらの言いつけを守って芝居をするように見張っていたのであった。貫兵衛と又蔵がかなり大袈裟に脅したので、祥吉は素直に清之助の指示を守っていた。

「旦那はなかなか白状しないねぇ」

金魚は行灯の前にしゃがみ込み、箸で灯心を一本抜いた。抜かれた灯心は一気に燃え上がる。金魚はそばに置かれた水を張った手桶にそれを放り込んで火を消した。手桶には七十本を超す灯心が浮かんでいた。

祥吉は眉を八の字にして金魚を見る。

「わたしが行って、もう全てばれていますと説得いたしましょうか」

「それじゃあ、これから先の仲間とのつき合いがますますぎくしゃくするだろ。せめて自分の口から白状してみんなに謝っておけば、いつか笑い話になる。そういう結末にしたいんだけどねぇ。戯作と違ってなかなか上手くいかないもんだ」

「嘘って、一旦ついてしまうと自分から『嘘だった』って言い辛いですよね」

清之助が溜息をつく。

「なんだい。真面目一方の清之助も嘘をつくかい」

金魚はくすっと笑った。

「そりゃあ、つきますよ。人って小さな嘘をつきながら生きていくもんじゃないですか。他人《ひと》に対してもですけど、自分に対しても嘘をつかなければ、苦しくなることがあります」

「けだし名言だ」金魚は言って、祥吉に顔を向ける。

「もう少し芝居を続けてもらうよ。真葛婆ぁの呪《まじな》いが効いたってことで、これから先は、最後の紅梅堂の話の前まで、お前が火の番だ」

金魚は行灯の間を出た。


久右衛門が嘘をついて、自分たちを仕掛け（詐欺）の片棒担ぎに使っていたらしいということが分かり、参会者たちの語りにはまったく熱が入っていなかった。真葛に脅かされたので仕方なく話していたのである。

その中で、真葛だけは嬉々として怪談を語った。続けざまに何本も話すので、寅《とら》の上刻《じょうこく》(午前三時頃)には最後の一話、久右衛門の番になった。

久右衛門の焦りは頂点に達していた。

百話を終え、行灯の最後の灯心を抜いた途端に、嘘をつき続けていた自分にどんな無惨な出来事が襲いかかるのか——。

もちろん、そのことも恐ろしかった。

しかし、自分の保身のために昔からの友を騙したこと——、いや、すでに嘘がばれているのに、素直にそれを認められない自分自身に焦っているのだった。

「九十九話で仕舞いにしたらどうだ?」一郎兵衛が苦々しい顔をする。

「嘘をつき通したままで百本目の灯心を抜くつもりか?」

久右衛門は青い顔で一郎兵衛を見、そしてすっと視線を逸らすと、最終話を語り出した。

正直に話してしまいたいという思いは強い。しかし、この期に及んで白状し、謝ったところでどうなるものでもないとも思った。

欲をかいて小賢しい仕掛けなど考えなければよかった——。

このことが世間にまで広がってしまえば、紅梅堂の信用は失墜する。大名、旗本らの得意先も失ってしまうだろう。

本当に、なんということをしてしまったのだ。魔が差したとしか言いようがない——。

後悔が久右衛門を責め苛むが、なにをどうすればよいのか、まったく考えつかない。頭の中が硬い石にでもなってしまったかのようであった。

今の状況こそ、怪談よりなにより恐ろしい——。それに気づいて、久右衛門は話の途中で苦笑を浮かべた。

その笑みで、まったく反省の色が見られないと感じた一郎兵衛らは苦い顔になる。

久右衛門はさっさと話を終わらせて立ち上がり、廊下に出た。

皆の視線がなくなると、体を縛りつけるような緊張は消えたが、不安はさらに大きくなって久右衛門にのしかかった。

どうすればいいのかまるで見当がつかないまま廊下を進む。すでに月は西に沈んで、夜明けが近い空は有るか無しかの白みを帯びて、星の数を減らしている。

久右衛門は、何度も溜息をつきながら、行灯の間の障子の前に立った。

灯心は一本しか残っていないので、青白い光は弱々しい。

幼女の亡魂が出た時から漂っている線香のにおいが、さらに強くなっているように感じられた。

障子に、すうっと大きな影が映った。

向こう側に誰か立っている。

頭に冠のようなものをかぶった、偉丈夫の影であった。

自分がやってしまったことは、もはや自分の力で終わらせることはできない。ならば、亡魂の罰でもなんでも受けて、仕舞いにしてしまおう。

久右衛門は障子を開けた。

座敷の中央に、背後から行灯の光を受けて、大柄な人物が立った。

清国風の、派手な衣をまとい、冠をかぶった男。太い眉の下にぎょろりとした大きな目が光り、顔の半分は長い髭に覆われている。元々背は高いようで、冠は天井に届かんばかりである。

菩提寺の彫像でよく見ている姿だった。

閻魔《えんま》大王――。

久右衛門の体は震えた。

嘘つきのわたしの舌を抜きに来たか――。

閻魔の手には大きな鋏《やっとこ》が握られていた。

「嘘つきはお前か」

唸るような声である。金属質の響きがあった。

奥の襖の裏で、清之助の父、以前薬楽堂の番頭をしていた六兵衛《ろくべえ》が、壊れた鉄の龕《がん》灯《どう》を口に当てて台詞を言う。

「覚悟はできておるか？」

閻魔役の無念は六兵衛の言葉に合わせて口を動かす。耳にかけた紐で留めた付け髭がずれそうで気が気ではなかった。

「はい……」

久右衛門は頽《くずお》れるようにその場に膝をついた。

「ならば、一度だけ機会をやろう。今から百物語の座敷に戻り、全てを洗いざらい喋って、許しを請え。さもなくば――」無念の閻魔は、鋏をかちゃかちゃと鳴らした。

「お前の舌を引っこ抜く」

「舌を抜いてくださいまし」

久右衛門は頭を畳に押し当てる。

「……」

六兵衛は、思ってもいなかった答えに戸惑い、思わず後ろで仕掛けの片付けをしていた清之助を振り返った。

「理由を訊いて」

清之助は香炉や、無念、けいの着物の入った風呂敷包みを抱えて、六兵衛の後ろに歩み寄る。

「なぜ舌を抜かれる方を選ぶ？」

「今さら謝ってなんになりましょう。仕掛けは失敗いたしましたし、応挙の版木は偽物と分かりました。わたしは、まったく無駄なことをしていたのでございます。その無駄なことのために、長年親しくしてくださっている方々にご迷惑をおかけしました。これは、どう謝っても償えるものではございません。また、今回のことで紅梅堂の信用も失いましょう。わたしは八方塞がり。もはや命を捨ててお詫びするしか方法はございますまい。しかしながら、わたしは己の手で自分の命を奪う度胸もございません。ならばいっそ、閻魔さまの手で舌を抜かれれば、『紅梅堂には罰《ばち》が当たった』と皆さまに納得していただけるのではないかと」

久右衛門の言葉に、六兵衛はまた困って、清之助を見る。

その横に座る祥吉は今にも泣き出しそうな顔をしていた。

「臆病者となじって」

清之助が言う。

「臆病者め！」

怒鳴ったのは無念だった。

久右衛門はびくりとしたが、平伏したままである。声が変わったことに気づいてもいない様子であった。

「自分の不始末の尻拭いをわしにさせるつもりか！　己がしでかしたことは、己が始末をつけねばならぬ」

「お言葉ですが閻魔さま」久右衛門は頭を下げたまま言う。

「そういうことができない者もおることは、閻魔さまならばご存じでございましょう。

この場で舌を抜かれ、無惨に死んでお詫びをし、来世こそまっとうな人の世の道を歩みとうございます」

誰もかれもが自分で自分の始末をつけられるほど強くはない――。

まったくそのとおりで、無念は閻魔を演じていることを忘れそうになった。

清之助の声が微かに聞こえたが、なにを言っているのか分からない。

どうしようもなくなって、無念は鋏をかちゃかちゃさせながら、一歩前に出た。

久右衛門は顔を上げて、口を大きく開けた。

「お待ちください！」

襖の向こうから祥吉が飛び出して来た。

「舌を抜くならば、わたしの舌をお抜きください。わたしは旦那さまに加担して嘘をつきました」

無念が口を開く前に六兵衛の声が響く。

「お前は主の言葉に従っただけだ。紅梅堂の方が罪が重い」

「確かに左様でございましょう。しかし、旦那さまがここでお亡くなりになれば、ご家族や奉公人が路頭に迷います」

祥吉の言葉に、久右衛門ははっとした顔をする。

祥吉は泣きながら久右衛門にすがりつく。

「まっとうな商売をこつこつと続けていれば、いつかは失った信用も取り戻せます。

途方もない努力が必要でございましょうが、できることをせずにご自分ばかり楽な道を選び同じ轍《てつ》を踏んで、また多くの方たちに迷惑をかけるよりはましでございましょう」

「同じ轍か……。確かにお前の言うとおりだ」

久右衛門は掠れた声で言った。

「旦那さま。少しずつ、信用を積み重ねて参りましょう。いつか今まで以上の信用を得られるようになるまで、わたしは一生懸命、お仕えいたします」

「祥吉……」

久右衛門の顔がくしゃくしゃっと歪み、目から涙が溢れた。

久右衛門と祥吉は抱き合って泣き始めた。

無念は、奥の座敷にそっと後ずさり、襖を閉めた。

無念は清之助と六兵衛に手伝ってもらって装束を解き、風呂敷に包む。そして三人は裏庭に出て、待っていた貫兵衛、又蔵、けいと共に板塀を乗り越えて紅梅堂を出た。

顔を涙で濡らした久右衛門と祥吉が百物語の座敷に戻ると、参会者たちは驚いた顔をした。

「どうなさった、紅梅堂さん」

一郎兵衛が訊く。

「皆さんに、お話ししなければならないことがございます」

久右衛門は背筋を伸ばして座り、一同を見回した。

そしてしっかりした口調で、己の醜い企みについて語り始めたのだった。

八

翌日の昼。

薬楽堂で仮眠をとった金魚たちは、離れでは狭かったので、庭に面した座敷に集まり、長右衛門に事の子細を語った。

それぞれが自分がどんな役割を担ったのかを話し、金魚がまとめをした。

「――ってことで、久右衛門は平身低頭謝った。全てを包み隠さず話した姿は、狡《こす》っ辛い仕掛けを考えた奴なのに、なにか堂々としていたよ」

「で、古本屋や書肆の連中はどんな様子だった？」

長右衛門が訊く。

「当然、罵《ば》詈《り》雑《ぞう》言《ごん》を吐いて帰って行ったよ」

「真葛さんとお前は？」

「ひとくさり、説教をしてやろうと思ったが――」真葛が言う。

「久右衛門の様子を見ればもうなにも言う必要もなかろうと思い、そのまま帰って来た」

店の方から小走りに清之助がやって来て、紅梅堂の祥吉が来たと伝えた。

長右衛門は座敷に通すように言い、清之助が祥吉を連れて戻って来た。

祥吉は抱えていた風呂敷包みから菓子折を出して長右衛門の方へ滑らせた。

「昨夜はお世話になりました。主から預かって参りました」

言いながら、懐から文《ふみ》を抜いて長右衛門に差し出す。

長右衛門は文を受け取り、菓子折は清之助に預けた。清之助は菓子折を持って下がった。

「なんて書いてあるんだい？」

真葛が訊く。

「反省の弁が連綿と綴られてる」

「言い訳は？」

金魚が訊いた。

「ないね」

長右衛門は文を畳んだ。そして祥吉の方を向く。

「旦那はこっちの仕掛けに気づいていないのか？」

「皆さまが帰った後、わたしが全てをお話ししようとすると、旦那さまは『なにも言うな』と仰いました。そして先ほど、文と菓子折をわたしに託したのでございます」

「なるほど。全て分かっていて、この文を書いたのならば、紅梅堂は二度と、同じ轍は踏まないな」

「お陰さまでございました」

祥吉は深々と頭を下げた。

「しかし、お前ぇの芝居、真に迫ってたぜ」

無念は感心したように言った。

「旦那さまの姿を見ていたら情けなくて情けなくて。思わず本音を言ってしまいました。いただいた台詞ではひたすら旦那さまの命乞いをしなければならなかったのに、すっかり旦那さまの情けなさをなじってしまいました」

「本音を言ったからこそ――」清之助が茶を運んで来た。

「その気持ちが旦那さまに届いたんですよ」

清之助は「おもたせですが」と言って、芒《すすき》模様の焼き印が押された饅頭《まんじゅう》を載せた銘々皿と茶を祥吉の前に置いた。

けいが真っ先に銘々皿に手を伸ばし、饅頭をほおばろうと大口を開ける。歯の隙間が黒く染まっている。

「おけいちゃん。まだ墨が残っているよ。ちゃんと落として来な」

けいは口の中を墨で塗り、歯のない幼女の亡魂を演じていたのである。

「物を食っていればそのうち落ちる」

けいは饅頭にかぶりついた。

「偽物の怪異にはこりたはずなのに、よく引き受けたな」

長右衛門は、もぐもぐと口を動かすけいを見ながら微笑む。

「前のはわたしの浅知恵でやらかしたこと。今回は真葛ちゃんと金魚ちゃんが考えたことだから引き受けた。本当の人助けみたいだったからな」

「なるほどな――」長右衛門は祥吉の方へ顔を向けた。

「ときに、紅梅堂さんは、偽応挙の版木をどうするつもりだ？　焚き付けにするつもりなら、薬楽堂が譲り受けてもいいぜ」

「大旦那！」

「長右衛門！」

「祖父《じじ》さま！」

座敷にいた薬楽堂の面々が大声を上げた。

「偽応挙の版木を手に入れ、本を作って一儲けするつもりだな！」

けいは怒鳴って長右衛門に這い寄った。

「そんな奴には、饅頭はやれん！」

けいは憤然と長右衛門の銘々皿から饅頭を奪い、元の場所に戻った。

「おけい……。冗談に決まってるだろう」

長右衛門は情けない顔をした。

「いや。祖父さまのことだから、そういうことを言い出すのではないかと思っていたのだ。この件で一番根性の悪いのは祖父さまだ。悔い改めなければ口をきいてやらんぞ」

けいはもぐもぐと饅頭を嚙みながら言う。

長右衛門は助けを求めるように金魚や無念を見た。

二人は胸に秘めた鬱屈を一時忘れて、顔を見合わせながら笑うのであった。

絵描き冥利《みょうり》　嫗《おうな》の似姿

一

しゃっちょこばって座った栄《えい》は、居心地悪げに座敷の中を見回す。深川、栄の住まいにほど近い料理屋の一室であった。

手の込んだ網代《あじろ》の天井。床の間には誰の手になるものか分からないが、達筆の書が掛けられている。朱塗りの膳の上には子持ち鮎の塩焼きと、豆腐と卵の料理。赤絵の徳利が一本添えてある。

栄の服装は着た切り雀でよれよれの縞の着物。島田の髷は手入れをしていないので崩れている。栄をここに招いた津軽屋《つがるや》仙太郎《せんたろう》という男の名を言わなければ、危うく門前払いを食わされるところであった。

向かい合う膳の前にはまだ仙太郎の姿はない。

開け放たれた障子の向こうは紅葉の庭である。落葉が進み、苔の上に鮮やかな色の対比を見せていた。

栄――、画号は葛飾応為《かつしかおうい》。この頃は為一《いいつ》と名乗っていた葛飾北斎《ほくさい》の娘である。

こころもち顎がしゃくれているので、父は『あご』と、栄を呼ぶ。時に『あご』とも呼ばず、ただ『おうい』と声をかけるので、それが応為という画号になった。

廊下に足音が聞こえ、襖が開いて葡萄《ぶどう》茶の着物を着た初老の男が現れた。仕立てのいい着物を纏っているのに、顔はまるで漁師のように赤銅色に焼けていた。月代《さかやき》は剃《そ》っておらず、総髪の髪を髷に結っている。

「お呼びだてしておきながら遅れて申しわけございません」

男は言って、膳の前に座った。

「初めまして。品川で津軽屋という唐物《からもの》問屋を営んでおります、仙太郎と申します」

唐物問屋とは、輸入品を扱う問屋のことである。

「仕事の話なら、工房に来ればよかったじゃないか」

「為一先生や、多くのお弟子さんのいるところではなかなか話し辛うございまして」

「ははぁ。春画の注文かい」

栄はにやりとした。

「滅相もない。似姿《にすがた》絵をお願いいたしたく」

「あんたのかい？」

「いえ」

「似姿なら、描かれる本人に工房に来てもらわなきゃならない。いずれにしろ、為一先生や弟子たちに知れるよ」

為一は父であったが絵の師匠でもあるから、栄は父の弟子や他人の前では『為一先生』と呼んだ。

「いいえ。本人は来られないので、わたしがお話しする姿に描いていただきたいのでございます」

「ああ。だから留書帖《とめがき》のようなものを用意しろと言ったのかい」

栄は合切袋《がっさいぶくろ》から灰色の漉《す》き返しの紙（再生紙）を束ねた留書帖と矢立《やたて》を出した。

「応為先生は本物のような陰影をつけた絵がお得意でございますから、お願いする絵もそのようにしていただきたいと」

仙太郎は徳利を取り上げて、栄に差し出した。

「その前に、まず一献」

「いや。飲む前に仕事だ。さぁ、人相風体を言っとくれ」

「左様でございますか」仙太郎は徳利を置く。

「身の丈は四尺八寸（約一・四五メートル）年は七十三の媼《おうな》でございます」

「あんたのおっ母《か》さんかい？」

その問いに仙太郎は「いいえ」とだけ答えて続けた。

「白髪。細面——」仙太郎は事細かに老女の姿を語った。

「——等身大の座像に仕上げていただきとうございます」

栄は留書帖に文字で老女の特徴を書き込むと、それを捲《めく》って次の紙にさらさらと老女の似姿を描いた。

「こんな感じでどうだい？」

栄は留書帖を差し出す。

仙太郎はそれを受け取って子細に眺めると、

「結構でございます。この絵でお願いいたします。紙本《しほん》ではなく、ぜひ絹本《けんぽん》で」

と答えた。書画には、紙に描く紙本と、絹地に描く絹本とがある。

「あっさりした絵にして欲しいので、絵具は厚くしないでいただきとうございます」

「ほぅ。それじゃあ、裏塗りも使っちゃ駄目かい」

日本画では、色を鮮やかにしたりぼかしたりするために、裏から色を塗ることがあった。現代では裏彩色《うらざいしき》とも呼ばれる技法である。

「絵具が厚くならないのであれば、構いません」

「ふん——」

仙太郎はずいぶん絵の描き方に詳しいな——。

そう思いながら、栄は肯いた。


翌日の朝、栄は、まだ薄暗い時刻に外に出て井戸水を汲んだ。よれよれの縞の着物に襷《たすき》をかけている。

地面に白く霜が降りているのに気づいた。いつもより早い初霜であった。

水を満たした手桶を持って、栄は小走りに家に戻る。

深川の為一の工房であった。様々な画材、紙類、雑多な日用品が散らかっていて、足の踏み場もない。

弟子たちの姿はまだない。奥の座敷からは為一の大きな鼾《いびき》が聞こえている。

栄は手桶を持って板敷に上がると、邪魔な品々を足で乱暴に脇にどけて三畳分ほどの床板を露わにした。

手桶を床に置き、土間で炭火を熾《おこ》しておいた七輪を持ち込む。七輪には鏝《こて》が突っ込まれていた。

床に散った物を踏まないように爪先立ちで部屋の隅に進み、まとめて壁に立てかけている木枠の中から畳二枚ほどの大きさのものを一つ選ぶ。隣に立ててある木の棒に巻いた絹を担いで床の空隙《くうげき》に戻った。

木枠を床に置き、丸めた絹をその上に解いていき、おおよそ大きさを合わせて鋏《はさみ》で切った。残りの絹を横に放り出し、手桶の中に浸けておいた布巾を取って水を絞る。

七輪の鏝を手に取り、濡れた布巾に押し当てて、温度を調節する。

栄は、木枠の上に絹の皺を伸ばしながら、鏝を当てた。木枠に塗った膠《にかわ》が鏝の熱で溶ける。その膠が木枠と絹を接着していった。

絹の四方が木枠にくっつくと栄は「よし」と言って周囲を見回した。

足でどけた品物が、為一の仕事場の一角を侵していた。これでは起きてきた為一に叱られると思った栄は、立ち上がって再び足で物を脇に除《よ》ける。すると今度は弟子の領域を侵してしまった。

栄は溜息をつく。

絹を張った木枠を、元の場所に戻して、もう一度工房を見渡した。

「これじゃあ仕事にならないねぇ……」

溜息と共に呟いた。

二

「――ってなことでさぁ。仕事ができる場所を探してるんだ。心当たりはないかい？」

栄は薬楽堂《やくらくどう》の離れの濡れ縁に腰を下ろし、清之助《せいのすけ》が出してくれた茶を啜った。

離れの中には長右衛門《ちょうえもん》と無念《むねん》が座っていた。

「どのくらいの広さが必要なんでぇ？」長右衛門が訊く。

「十畳程度でいいんなら、うちの部屋を貸してやってもいいぜ」

「おい。ちょっと待てよ」無念が慌てて言った。

「この家で十畳程度っていやぁ、おれが使っている部屋じゃねぇかよ」

「お前《め》ぇには六畳の部屋を貸してやるよ。絵を一枚描くだけの間だ。辛抱しろ」

「戯作なんて、文机の広さがあれば書けるだろうが」栄が言った。

「絵は、絵皿とか筆洗とか、筆、筆ふきの布――。そのほか諸々の道具があるんだよ。

それに頼まれた絵は大きい」

「戯作だって、資料を使うんだよ。文机一つの広さじゃとても足りねぇ」

「だから六畳を貸してやるって言ってるだろう」長右衛門はぎろりと無念を睨む。

「嫌なら出て行ってもいいんだぜ。その前に、部屋の借り賃をきっちり精算してもらうがな」

「ううむ……」

「こっちは部屋代に即金で二分《にぶ》を用意してるんだ。居候とはわけが違う。どう考えたって、お前が部屋を譲るのが筋ってもんだろう」

栄はにやりと笑った。

「分かったよ……」

無念は渋々肯いた。

「それじゃあ、善は急げだ。引っ越しを手伝ってやれ」

長右衛門は追い払うように手を振る。

「おれがか？」

無念は自分を指差して目を剝いた。

「手伝ってやれって言われる奴は、ここにはお前しかいめぇ」

「おれは次の作の構想を練らなきゃならねぇんだ。部屋をとりやがった奴の引っ越しを手伝う暇なんざねぇよ」

「構想を練るって言いながら、もう十日も部屋でごろごろしてるだけじゃねぇか」

「これだから、戯作を書けねぇ奴は困る。はたから見てごろごろしているように見えても、頭の中は目まぐるしく働いてるんだ」

「金魚は家の中でごろごろしてても行き詰まるだけだから、気分転換は必要だって言ってたぜ。気分転換に引っ越しを手伝ってやれって言ってるんだよ」

「手伝ってくれたら、飯を奢るよ」

栄が言った。

「徳利を一、二本つけろ」

ぶすっとした顔で無念は言った。

「よし、決まった」栄はぽんと手を打つ。

「さぁ、行こう」

栄はさっと濡れ縁を立ち駆け出した。

「おれの部屋の片づけをしなきゃならねぇ」

無念は言ったが、長右衛門は、

「お前の持ち物は、竹吉《たけきち》と松吉《まつきち》に、六畳間に放り込ませとくから、行ってきな」

と言って無念の尻を叩いた。

無念は渋々栄を追って、通り土間を抜け、店を出た。

前方から見知った女が風呂敷包みを抱えて歩いて来た。

無念はどきっとして立ち止まる。

鉄砲町の小間物問屋京屋《きょうや》の娘、みおであった。

「あら」

みおは無念を見つけてにっこりと笑い、お辞儀をした。

無念はどぎまぎと頭を下げて「どうも」と言った。

「お出かけでございましたか」

みおは無念に近寄る。

栄は足を止め、興味津々で二人を眺めた。

今ではみおは時々薬楽堂を訪れて、無念に陣中見舞いと称して煙草や菓子を届けるようになっていた。

無念は『贈り物は受け取らねえって言ったろう』と、差し入れを返そうとしたが、みおは、

『無念先生がお召し上がりにならないのなら、薬楽堂の皆さんで』

と言って、清之助や竹吉、松吉にそれを渡す。

最初はみおの実家へ返しに行こうとも考えたが、いらぬ角が立つということで、受け取ることにしていたのだった。

「絵師の葛飾応為の引っ越しを手伝わなきゃならなくなってな」

無念は栄を顎で差す。

みおは栄を振り返る。栄は微笑んで頭を下げた。

「女絵師の先生ですか――」みおは不安げに眉根を寄せる。

「どこにお引っ越しで？」

みおの問いに、栄は、

「無念先生と同じ屋根の下さ」

と答え、にんまりと笑ってみせる。

「まぁ……」

みおはますます不安そうな顔になる。

「春画も手がける助平な女が同居するんだ。さぞかし心配だろうねぇ」

栄が言うと、みおは顔を真っ赤にして風呂敷包みをぎゅっと抱き締めた。

「ばか」無念は栄に駆け寄って腕を引っ張った。

「余計なことを言うんじゃねぇ。おみおちゃん、そういうことで、出かけてくるぜ」

無念は栄を引きずるようにして駆け出した。

呆然と立ち尽くすみおが、後方に小さくなった。

「お前、あの娘《こ》に惚れてるのかい？」

無念の手を振り切って、栄はゆっくり歩き出す。

「そういうんじゃねぇよ」

無念は栄の歩調に合わせる。

「だったら、よくないねぇ」

「なにがだよ」

「煮え切らない態度をとり続けるのは、あの娘にとって酷だよ」

「利いた風なこと言うんじゃねぇよ」

「その気がないんなら、すぱっと切ってやらないと。あの娘がなにをしたかは聞いてる。あの手の娘はいつまでも振るのを先延ばしにしてると、日々思いをつのらせていくんだ。時が経ってから振れば、袖に石を詰めて大川にどぼん。あるいは家の鴨居からぶら下がるよ」

「脅かすねぇ……」

無念は顔を強張らせた。

「まぁ、男らしく早いとこはっきりとさせるんだね」

三

無念、栄と入れ違いに金魚《きんとと》が薬楽堂を訪れた。

散る紅葉の意匠をあしらった着物に文庫結びの帯。煙草入れは渋い茶の天鵞絨《ビロード》で、銅の崩れ簗《やな》の前金である。

「あれ。無念の部屋、模様替えでもするのかい？」

金魚は中庭を歩きながら、無念の部屋を片づける竹吉と松吉に声をかけた。

「いえ。この部屋にお栄さんが入るんです」

文机を抱えた竹吉が答えた。

「それじゃあ無念は？」

「奥の六畳間にお引っ越しです」

竹吉が言う。

「あれまぁ。暗くて黴《かび》臭いあの部屋かい？」

金魚は驚いて言った。

「懐具合で戦いに敗れたそうです」

竹吉は笑いながら文机を運び出す。

「なにせ二分も出すって言うんだからな」

離れの濡れ縁で煙管《きせる》をくわえた長右衛門が言った。

「お栄の奴、なんでまた薬楽堂に？」

金魚は長右衛門の横に座って銀延べ煙管を出して煙草を吸いつける。

「頼まれた絵を描くのに、為一先生の工房じゃ手狭なんだとよ」

「ああ。為一先生の家は恐ろしく散らかってるって噂だからねぇ――。で、どんな絵を頼まれたんだい？　錦絵の版下や、春画ならば文机一つで間に合うだろう」

「婆ぁの似姿を描くんだとよ。等身大で描かなきゃならないから場所が必要なんだぞうだ」

　長右衛門は栄から聞いた話を語った。

「ああ。そういうことかい。似姿で等身大。ならばその婆ぁはもう死んでるね」

「なんで分かる？」

　長右衛門は驚いたように金魚を見た。

「生きてる婆ぁなら、いつでも見られるだろう。わざわざ等身大の似姿を描く必要もない」

「遠くに住んでいるのかもしれねぇぜ」

「津軽屋仙太郎ってのは、立派な服装をしてたんだろう？　それなら金持ちだ。お栄が宿代に二分も払うってんだから、画料もけっこう張り込んだんだろう。金持ちならば遠くに住んでる婆ぁを呼び寄せて一緒に暮らすさ」

「ところがその婆ぁ、津軽屋の母親じゃねぇって言うんだ。お栄が『あんたのおっ母さんかい』と訊いたら『いいえ』と答えたそうだ」

「へぇ。けれどそのやり取りだと、おっ母さんじゃなくて、祖母だってことも考えられる。だが、それなら『いいえ、祖母でございます』とかなんとか答えるはず。『いいえ』ってのが肉親じゃないって答えだったら、推当《おしあて》が変わってくるね」

　金魚は煙を吐き出す。

「どう変わる？」

「まず、誰の似姿なのかを話したくないっていう様子が感じられる。他人から頼まれたんだとしても、『知り合いのおっ母さんで』とかなんとか、誰の似姿なのか言うはずだ。津軽屋仙太郎って奴は、誰かに頼まれて似姿絵をお栄に頼んだ。けれど、誰からなんのために頼まれたのかは言いたくない――。ちょいとにおうね」

「どうにおう？」

「まだ手掛かりが足りないよ。『仕事が入ってよかったね、お栄』ってだけ言ってられないなとは思うね」

「調べてみるか？」

「お栄が臍《へそ》を曲げないように気をつけながらね」

金魚は火皿の灰を落として立ち上がる。

「品川へ行くかい？」

「津軽屋っていう唐物問屋があるかどうかを確かめて来る。お栄が来ても、あたしが品川へ行ったことは内緒だよ」

二里（約八キロ）ほどを歩き、金魚は昼過ぎに品川に着いた。旅人たちの中に紛れて、ぶらぶらと宿場を歩き、津軽屋の看板を探すが、見あたらない。一休みした茶店で訊いてみても、津軽屋という唐物問屋は知らないという答えが返ってきた。

宿場の者を何人かつかまえて聞き込みをしたが、やはり津軽屋という唐物問屋は品川にはないという。

「ますますにおってきたね」

自分の正体を隠して栄に似姿絵を依頼した男――。栄が厄介事に巻き込まれないように、まずは、男が何者であるのか調べなければなるまいと金魚は思った。

正体を隠したことに納得のいく理由があれば、そのまま知らぬ顔をしておき、もし悪事に繋がるようなことが裏に隠されているのであれば、お節介を焼くことにしよう。

「とすれば、また貫兵衛《かんべえ》と又蔵《またぞう》に出張ってもらおうかね」

金魚は薬楽堂には帰らず、橘町一丁目の貫兵衛の家に向かった。


空が藍色になり星々が輝き始めて、空気は急激に冷え込んだ。

金魚は寒さを凌ぐために首元に手拭いを巻き、袖口に手を隠して薬楽堂の前土間に飛び込んだ。

「金魚さんお帰んなさい」

蔀戸《しとみど》を下ろそうとしていた松吉が間延びした挨拶をする。

「お栄はもう来てるかい?」

金魚は訊きながら通り土間へ進む。

「昼過ぎに着いて、もう絵を描き始めてますよ」

棚の埃を払いながら竹吉が答えた。

「絵描きさんは凄いですねぇ」帳場の片づけをしている清之助《せいのすけ》が言う。

「絵と対峙している時の気迫は、なんだか真剣を構えるお侍さんみたいです」

「そうかい。それは見物だ」

金魚が言って中庭に出ると、「邪魔しちゃ殺されますよ」という清之助の声が追い掛けてきた。

「分かってるよ」

金魚は小声で答えて、中庭に建てられた作業小屋の陰から、母屋の方を覗き見た。

いつもならば無念のいる部屋に明かりが灯り、うずくまるようにして絵を描く栄の姿が見えた。

無念の部屋に女がいる――。

それが栄で、そこにいる事情も知っているのに、金魚の胸はどきりと鳴った。

部屋の中の栄は、床に置いた絵の上に板を渡し、そこに上半身を乗せ、真剣な表情で筆を動かしている。自分の手で絵の上に影ができないようにであろう、周りに幾つも燭台を立てていた。

栄の顔つきは、普段とはまったく違う。

目はぎらぎらと光り、眉間に一筋深い皺が走っている。面相筆を一本くわえた口は、見得を切る歌舞伎役者のようである。

真剣勝負に挑む侍――。清之助の言葉は言い得て妙であった。

あんな顔で絵を描いているお栄に声をかけるぼんくらは、まずいないね――。

金魚は小屋の陰で栄を見守った。

しばらく見ていると、栄はゆっくりと上体を起こした。こころもち猫背になったその体からは先ほどの迫力が消えている。まるで憑き物が落ちたようであった。

栄は、くわえた面相筆を左手で取ると、ふうっと大きく息を吐き、力が失せた目で絵を眺めた。

緊張が途切れたと見た金魚は、栄に声をかけた。

「声をかけてもいいかい？」

「もうかけてるじゃないか」

栄は笑いながら金魚に顔を向けた。

うっすらと浮かんだ汗が額に光っている。

「しばらく薬楽堂にいるんだって？」

金魚は縁側に歩み寄り、腰を下ろした。

「こいつを描いてしまうまでね」

栄は顎で絵を差した。

木枠に張られた絹の上に、正座した老女の似姿の輪郭が薄墨で描かれていた。

薄い絹の下には、張られた下絵の紙が透けて見えていた。

「へぇ。絹本の絵ってのは、木枠に張って描くんだね」

「紙本の絵も板に張って描くよ。乾いた布や紙に絵具をのせると、その部分だけ水を吸い込む。すると、乾いた時に皺《しわ》になっちまうからね」

「なるほどねぇ――。ところで、この絵の主は何者か訊いたかい？」

「いや。なんだか話したくないようだったから訊かなかった」

「依頼主の住まいは？」

「品川の唐物問屋だってことだけ」

「描いているうちに、その婆ぁについて訊きたいことが出たらどうするんだい？」

「聞いた話で十分だよ。だけど、三日に一度、使いが様子を見に来ることになっている。使いは工房の方で引っ越し先を聞いて、こっちに回って来るだろう」

「そうなのかい」

「なにか気になることがあるのか？」

「推当物を書いてるからね。なんでもかんでも訊きたい性分なのさ」

「そうか――。しかし、今日は随分遅い刻限にお出ましだな。忙しかったのか？」

「筆が乗ってずっと書き続けだったのさ。けれど、あんたが薬楽堂に移って来るって聞いたんで、寄ってみた」

「わざわざすまなかったな」

栄は申しわけなさそうな顔で後ろ首を掻いた。

「なに。気晴らしの散歩がてらだよ――。夕餉《ゆうげ》はまだだろ？　食いに行かないかい？」

「ああ、いいな。ちょっと待っていてくれ」

栄は急いで薄墨の小皿や筆、絵の上の渡し板などを片付け、蠟燭を消して外に出た。

金魚は栄を、戯作者たちの溜まり場である居酒屋〈ひょっとこ屋〉に連れて行った。

独り身のむさ苦しい男の戯作者たちが今宵もたむろしていて、金魚を見ると歓声を上げて近寄って来た。しかし金魚はそれらにひじ鉄を食らわせ、「今日は女同士で飲むんだよ。邪魔をするんじゃないよ」と叱りつけた。

叱られた男たちは、それでも嬉しそうな顔で引き下がり、小上がりに戻って酒盛りを再開した。

金魚と栄は土間の隅の床几《しょうぎ》に、向かい合って腰掛ける。

「でかい落ち鮎が入ってるぜ」

厨房から店主の弥次郎が日に焼けた顔を出す。

「落ち鮎は昨日食った」

栄が言うと「愛想のない女だな」と言って、弥次郎は顔を引っ込めた。

「徳利二本。肴は適当に見繕っておくれ」

金魚が言うと弥次郎の「あいよ」という声が聞こえ、すぐに徳利と甘辛く煮た鯉の鉢を盆に載せて、小女のみよが現れた。

「あっ。葛飾応為さんですね？」

みよは笑いを堪えるような顔で言う。

「これだろ？　これ」

栄は顎を突き出して撫でて見せる。

「そんなこと言ってませんよぉ」

みよは鉢と徳利、猪口をそれぞれの床几に置くと、早足に去った。

葛飾応為という名で、小上がりの男たちは色めき立ったが、誰も二人の床几に近づいては来なかった。

徳利を差し出す金魚に、

「面倒だから手酌でいこう」

と栄は言い、自分の猪口に酒を注いだ。

「うん。そうしよう」

金魚は栄に倣って自分の猪口に徳利を傾けた。

「無念を奥に追い払って悪かったな」

栄の言葉に金魚はどきりとしたが、顔には出さずに、

「なんの。戯作は狭いところでも書けるよ」

と答えた。

「そういう話じゃない。訪ねて来ても、すぐに無念の顔が見られないじゃないか。そ

れを悪かったなって言ってるんだ」

「別にあんな男の顔なんか見なくても――」

「おぼこ娘みたいなことを言うな」

栄は呆れ顔で酒を啜る。

「なにがだよ」

金魚は少しむきになって言う。真葛に『小娘のように』と言われたことを思い出した。

「こんながさつな女でも、一度は嫁に入った身だ。色恋の機微は分かるよ」

と、栄は鯉の煮付けを摘《つ》まむ。そして、厨房の方は見ずに「味付けは抜群だよ」と言った。

「ありがとよ」と、厨房から弥次郎の声が返った。

「そうかい――」金魚は小さく溜息をついて、じっと猪口の中を見つめる。

「色々あるからさぁ。そういう気持ち、忘れようと思ってるんだよ」

空になっていた猪口に酒が注がれた。

はっとして顔を上げると、

「そうか。色々あるか」と栄は言って、自分のにも酒を注ぐ。

「他人《ひと》の色々は、本人にしか分からないからな。まぁ、頑張れ」

金魚は、頑張れという言葉はそぐわないと感じたが、いかにも栄らしい励ましだとも思った。

「うん。頑張る」

金魚は小さく微笑んで、栄が注いでくれた酒を大事そうに啜った。

四

翌日、金魚は二日酔いぎみの重い頭に顔をしかめながら、薬楽堂に向かった。

前土間に入ると松吉が鼻を摘まみ、「酒臭っ」と言った。

金魚は軽く松吉の頭を叩くと、通り土間を歩いて中庭に進んだ。

栄は昨日と同じように絵の上に板を渡して熱心に描いていた。板の上には何枚かの皿が置かれていて、彩色に入っていることが分かった。

「お早う、金魚」色を塗りながら、顔も上げずに栄が言った。

「今朝、文《ふみ》が届いた。そこに置いてあるから読んでおくれ」

金魚は縁側から座敷に上がって、隅に放り出されている畳まれた紙を取り上げた。

そして、座敷の中を見回す。

筆拭きに使っているのだろう布や、色を試したらしい紙、岩絵の具の包み紙などが乱雑に散らばっている。

『もうちょっと片づけたらどうだい』

という言葉を金魚は飲み込む。資料を必要とする草稿を書いている時には、自分の部屋も似たような状況になるからだった。

金魚は文を開く。

びっしりと細かい字が並んでいる。

読んでみると次の似姿絵の注文であった。

一作目を描き終える前に次の依頼をする失礼を詫びた後、翁《おきな》の絵をお願いしたい旨が書かれ、似姿の相手の特徴が事細かに記されていた。

どういうことだろう――。

金魚は、立ったまま何度か文面に目を通す。

なぜ婆ぁと爺ぃの似姿を同時に頼まなかったのか？

おそらく、婆ぁの似姿を頼んだ時には、爺ぃの似姿を頼むことになるとは思わなかったのだ。

婆ぁの似姿を頼んだ後、帰ってみたら爺ぃがぽっくり逝っていた。だからすぐに爺ぃの絵を依頼してきたというのはどうだ？　仲のいい夫婦には相方と前後して死ぬということがありがちだと聞いたことがあるが――。

いやいや、お栄が依頼された似姿絵が夫婦であるとは限らない。

とすると、津軽屋仙太郎は、似姿絵の仲介をしているのか？

赤の他人から似姿絵の注文を受けて、栄に依頼する商売か？

栄から文が届いた時の様子を聞こうと振り返ったが、真剣な表情で媼《おうな》の着物の鶯色を塗っているので声をかけられる空気ではない。

その媼の絵を見て、金魚はどきりとした。

顔にうっすらと肌色が塗られ、顔の輪郭や顔の皺に微かな影が描かれている。まだ下塗り同然の絵であったが、媼が絹の上に浮かび上がって見えたのだ。

栄――、葛飾応為の肉筆画は西洋絵画に学んで、輪郭線に頼る描法ではなく、陰影を強調した描法が用いられている。

錦絵の平板な画面に馴れている金魚には、下塗りの段階であっても、その立体感が鮮明に感じ取られたのであった。

たいしたもんだ。完成すれば、本当に婆ぁがそこにいるかのように見えるよ――。

金魚はそっと座敷を出て、店に戻った。

帳場には短右衛門《たんえもん》が座っていて、清之助となにか打ち合わせをしていたが、金魚を見ると二人とも笑みを浮かべて「お早うございます」と言った。

「お栄への文を取り次いだのは誰だい？」

金魚が聞くと、竹吉が「わたしです」と言って、棚の前から駆けて来た。

「どんな奴が持って来た？」

「貞次《さだじ》っていう男で。この辺りで、ちょっとした用を請け負って小銭を稼いでいる奴です」

「そうかい。津軽屋の使いが来たんじゃないんだね」

金魚がそう言った時、貫兵衛が店に入って来た。

「その貞次から話を聞いたが、文を頼んだのは手代風の若い男だったそうだ」

貫兵衛には昨日、薬楽堂を張り込んで、津軽屋らしい男が来たならば尾行して家を確かめてくれと依頼していたのだった。

「さすがの貫兵衛もその手代がどこから来たのかまでは分からないだろうね」

「貞次は通旅籠町で手代風の男に頼まれたと言った。男は大伝馬町の方へ歩いて行ったそうだ」

「通旅籠町といえば、すぐそこでございますよね」短右衛門が帳場から言う。

「なぜ直接うちへ届けなかったんでございましょう」

「あんたが張り込んでいたのに気づいたのかもしれないね」

金魚は貫兵衛を見る。

「おれはそんな下手くそな張り込みはしないぞ」

貫兵衛は膨れっ面をした
「そういう上手い張り込みに気づくとしたらどういう奴だい？」

「相当の手練《てだ》れか、張り込みに馴れた奴。あるいは、張り込まれることに馴れた奴だな」

貫兵衛は真剣な顔になった。

「盗賊でございましょうか？」

短右衛門の表情が強張った。

「薬楽堂には、押し入ってまで盗みたいようなものはないだろ」

「蔵の中に稀覯《きこう》本が少々……」

「まぁ盗賊は関わっていないだろうけど、貫兵衛が見張ってくれているから大丈夫だよ」

「おれと又蔵が交代で見張る。盗賊が来たならば、追い払ってやる」

貫兵衛は言った。

「それなら安心でございますが……」

と言う短右衛門の口調はちっとも安心とは思っていない様子であった。

「それじゃあ頼むよ」

金魚は栄の画室に戻った。

縁側に腰掛けて一刻《いっとき》（約二時間）ほど煙管を吹かして待っていると、座敷からふうっと大きく息を吐く音が聞こえた。

「話しかけてもいいぞ」

栄が言った。

金魚は振り返って、

「気を悪くしないで聞いておくれよ」

と言った。

「津軽屋仙太郎を調べたか？」

栄が縁側まで出て来て言った。腰の後ろに差した、角の擦れた男物の革の煙草入れを取って、煙管に刻みを詰める。

「気づいてたのかい？」

「いや。胡散臭い注文だから、調べたんじゃないかなと思ってた。あたしに気を遣って黙ってたんだろう？」

栄は美味そうに煙を吐き出しながら金魚を見た。

「ご明察――。品川に津軽屋っていう唐物問屋はなかったよ」

「そうかい。それで、どうすればいいと思う？」

栄は淡々とした口調で訊く。

「絵をどうするつもりなのかも分からない。ってことは、まだなにか厄介事に繋がっているかどうかも分からないってことだ。今のところ、あんたの思うようにしとけばいいよ」

「そうかい。それじゃあ、あたしは爺ぃの絵も描くよ。言葉だけで伝えられた姿をどれだけ似せられるかってのに興味があるんだ」

「根っからの絵描きなんだね」

「そうさ。それ以外にはなにもできない。料理、洗濯、掃除はからっきしさ。だから離縁された――。今回頼まれた絵は、なにか裏があるんじゃないかと感じたが、大きな悪事でも隠されていない限り、描くつもりだよ」

栄は言葉を切って首を傾げ、少し考えてから続けた。

「いや。悪事が隠れてたってかまうものかって気持ちがある。自分の力量を試すいい機会だからね」

「駄目、駄目」金魚は言う。

「悪事が隠れてりゃあ、それが発覚すればあんたもしょっ引かれるかもしれないんだよ。そうなりゃあ絵も描けなくなるんだ」

「そうか」栄ははっとしたように金魚を見た。

「それは困るな」

「だろ。まぁ、あたしに任しときな。まずい仕事か、ちゃんとした仕事か裏をとってやるから」

金魚は栄から探索の了解を得てほっとした。そして、自分の心境の変化に少し驚いた。

今までならば栄の気持ちなど忖度せずに、この件の調べをどんどん進めていったはずである。しかし今度は、栄の機嫌を損ねないようにと最初から配慮をしている。

もしかすると、ここしばらく続いている心の中のもやもやが、自分を少しずつ変えているのだろうか――。

「どうした金魚」

栄の声で金魚は我に返った。

「いや、なんでもないよ」

振り返った金魚の顔を見て、栄はにやりと笑った。

「酒の切れた酒飲み」

「なんだい、そりゃあ。あんたのせいで、酒はまだ残ってるよ」

金魚は自分の頭を指差す。

「いつもここに来れば見ることができる無念の顔が見えないから、調子が狂ってるんだろう。呆れたもんだ。男女のことならなんでもお見通しの筈だろう」

栄は、金魚がかつて女郎をしていたことを知っている。手練手管を使って男を翻弄していた女が、なにをやっている——。栄は言外にそう言っているのだった。

金魚は苦笑する。

「あたしも呆れてるよ——」

苦笑した金魚は、栄の言葉から一つのことに気づき、口を閉じた。

「どうした?」

栄は、なにか考え込んでいる様子の金魚を、怪訝な顔で覗き込む。

「きっと、手練手管を使いたくない相手なんだよ」

「無念がか?」

「あたしはさぁ、本当の恋を知る前に、男の体を知っちまったんだよ。それからは、苦界《くがい》で生き残るために、必死で手練手管を学んだ。身請けしてくれた旦那だって、そういう流れの中で惚れていったんだ」

「つまり――」栄は驚いた表情を浮かべる。

「無念への思いは初恋ということか」

「ばか」金魚は顔を真っ赤にする。

「こっ恥《ぱ》ずかしくなるようなことを言うんじゃないよ」

「いや」栄はゆっくりと首を振る。

「それは凄いことだぞ。お前は今でも体の中におぼこ娘を住まわせているんだな」

「あたしのことはもういいよ」金魚は乱暴に言って勢いよく立ち上がった。

「まずは、あんたの仕事の件をはっきりさせなくちゃ」

金魚は中庭に出て通り土間に駆けた。

五

栄の仕事の件をはっきりさせると言って薬楽堂を出たはいいものの、探索を続けるあてはない。津軽屋仙太郎が動かないと、次の手掛かりは得られないのである。

茶店の前を通りかかった金魚の鼻に、みたらし団子のいいにおいが漂ってきた。

そうだ――。

金魚は茶店に入って、だんごを十本、竹の皮に包ませた。

それを持って薬楽堂に引き返し、裏口からそっと裏庭に回る。

裏庭とは名ばかり。塀のそばに、北側で育ちの悪い松や躑躅《つつじ》、椿が植えられた、苔だらけの奥行き二間ばかりの隙間である。

その奥に、無念が使っている座敷があった。

障子が開け放たれ、濡れ縁との際《きわ》に文机を出し、無念は背中を丸めて執筆をしていた。日が当たらないので寒く、無念の横には手焙《てあぶり》が置かれている。

金魚は建物の角からしばらく様子を見た。

無念が顔を上げて筆を置き、大きく肩を回したのを見て、金魚は驚かさないように小さい声で言った。

「む〜ねんっ」

声をかけられ、無念は己の肩を揉みながら金魚の方を振り向く。

「おう。金魚。なんだか随分久しぶりのような気がするな」

無念は笑った。

昨日一日顔を合わせなかっただけなのであったが、金魚も同感だった。

「酷いところに移されたねぇ」

金魚は濡れ縁に腰をかけようとして、いったん腰を浮かして、薄く緑色に生えた苔の上に手拭いを敷いた。

「まぁ、居候だから仕方がねぇや。お栄は宿賃を払うってんだから、引っ越さざるを得めぇ。それにここも風流だぜ。今朝方は隅っこに霜柱が立った」

「風邪を引くんじゃないよ――。これ、陣中見舞い」

金魚は文机の、草稿の横に団子の包みを置くと、手拭いの上に座った。

「おっ。いいにおいだ。みたらしかい」

無念は言って包みを開く。

「すぐそこの店のだけどね。茶を淹れてくるかい？」

「いや、いい」

無念は串を摑んで団子に齧《かじ》りついた。

「今、お栄の仕事の件を色々探ってるんだ――。ちょっと話してもいいかい？」

「おう。聞かせてくれ」

無念は二本目の串を取り、口にくわえながらもう一本を取って金魚に差し出した。

金魚はそれを受け取り、口に運びながら今までの子細を語る。

「――そりゃあ、胡散臭ぇな」無念は指についたみたらしを舐める。

「手伝ってやりてぇが、手がけてる構想がいいところなんだ。あと二日ほど動けねぇ」

「なんだい。構想に二日も三日もかけてるのかい？　あたしゃあ小半刻《こはんとき》（約三〇分）

で書いちまうよ」

「人それぞれなんだよ」

無念はしかめっ面をする。

「あたしの方は大丈夫だから」金魚は腰を浮かす。

「せいぜい構想を頑張りな。稼がないと、お栄から部屋を取り返せないよ」

「お栄の仕事は婆ぁの絵を描き終えれば終わりだろ。それまでの我慢だ」

「あっ。言い忘れてたけど、今朝、もう一枚注文が来たよ」

金魚はにやっと笑って手拭いを畳む。

「なんだってぇ？」

無念は片眉を上げる。

「津軽屋仙太郎って奴は、もしかしたら似姿絵の仲介をしているのかもしれない。とすれば、お栄にはこれからも注文が入って、当分はあの座敷を出ないってことになるかもしれないよ」

「そいつは大変《てぇへん》だ……」

無念は、慌てて食いかけの団子を竹の皮に戻し、筆を取る。


金魚は笑いながら裏庭を後にした。

金魚を見送ると、無念はほっこりした気分で筆を走らせる。昨日辺りから胸の中にあった硬いものが溶けてしまったような気がしていた。

世間話でも馬鹿話でも、時には口喧嘩でさえ、金魚と話ができるのは楽しい。

けれど、金魚の方はどう思っているんだろう。

そう思うと、大きな溜息が出た。

せっかく頭の中で転がってきた構想がぴたりと止まり、無念は筆を置いて頬杖をつき、もう一度溜息をついた。

六

翌日の朝早く――。

竹吉と松吉が店の外を掃いていると、大店《おおだな》の旦那風の身なりのいい男が歩いて来るのに気づいた。薬楽堂を含め、辺りの店は今蔀戸《しとみど》を上げたばかりである。まだ店の主が商談に歩く刻限には早すぎる。

男は真っ直ぐ薬楽堂に歩み寄り、竹吉と松吉に微笑みかけながら、

「草紙屋薬楽堂はこちらでしょうか？」

と訊《たず》ねた。

「はい。左様でございますが」

竹吉が箒をとめて答えた。

「手前は品川の唐物商、津軽屋の主で仙太郎と申す者でございます。こちらに葛飾応為先生がおいでと聞き、まかり越しました。応為先生にお取り次ぎいただけましょうか？」

竹吉も松吉も事情を聞いていたが、まさか津軽屋本人が現れるとは思ってもいなかったので、慌てた。

「こちらで少々お待ちいただけましょうか」

竹吉は仙太郎を店の中に誘った。

松吉はそっとその横を抜けて離れに走る。

「大旦那。大旦那。津軽屋が現れましたよ」

松吉は離れの外から声をかけた。

「なんだと？」

がらりと障子が開き、寝乱れた寝間着姿の長右衛門が顔を出す。

「お栄は着替えの最中だと言って、茶でも出して店に留めておけ。それからお前は浅草に走って、金魚を呼んでこい」

「間に合うでしょうか……」

松吉は不安そうな顔をする。

「四の五の言ってねぇで走れ！」

と長右衛門は追い立てる。

「へい！」

松吉は店に駆け戻る。

長右衛門は急いで着替えをして、栄の部屋の前に立つ。障子を開けずに中に声をかけた。

「お栄。起きてるか？」

中からは唸るような声が聞こえた。

「津軽屋が来たんだよ。さっさと起きろ！」

「なんだって……」

寝ぼけ声が返る。

「金魚を呼びに行ったが、あんまり待たせるわけにゃあいかねぇ。どうする？」

「どうするって、会うに決まってるだろ」

がらりと障子が開いた。着物を着たまま寝たらしく、普段着の胸元がはだけて谷間が見えている。髪もぼさぼさであった。

「身なりを整えろ。着替えをしてるって時を稼いでいる」

「分かったよ――。あたしゃ、朝は機嫌が悪いんだ」

言いながら、栄は長右衛門の目の前で着物をはだけた。

「ばか、お前ぇ、障子ぐれぇ閉めろよ」

そう言いながら長右衛門が障子を閉める。

「裸を見られたって恥ずかしがる年じゃねぇよ。なんなら腰巻きまで取って見せたっていいよ」

障子の向こうで栄は馬鹿笑いをする。

「なんの騒ぎでぇ」

無念が濡れ縁の奥から現れた。

「おぅ、無念。津軽屋が来やがったんだよ」長右衛門が言う。

「松吉を金魚の迎えにやった」

「そうか。ならば、金魚が着くまで時を稼がなきゃならねぇな。おれも同席させろ」

「役に立つのかい」

障子が開いて、着物を整えた栄が現れた。しかし、髷は崩れたままである。

「なんでぇ。髪もなんとかしろよ」

長右衛門が眉をひそめる。

「いつもこんなもんだよ」

「どこで会う？」

無念が訊く。

「絵を見に来たんだろうから、ここへ通せばいいだろ」

栄は障子を大きく開けた。

紙類が散らばる雑然とした部屋から、女臭いにおいがもわりと流れ出してきた。布団は部屋の隅に畳んで、枕屏風で隠してある。

無念と長右衛門は奥の襖の前に、老女が座っているのを見つけてぎょっとした。

しかし、すぐにそれが描きかけの絵だと気づき、「ほぉ」と感嘆の声を上げて、座敷に上がり込む。

「てぇしたもんだな」

長右衛門が絵の前にしゃがみ込んで顎を撫でた。

「後からじっくり見せてやるから、早く津軽屋を呼んでおいでよ」

栄は足で紙屑をどけて、座る場所を作る。

「ああ、そうだった」

長右衛門は立ち上がって店へ走った。

無念は栄と一緒に足で紙屑を蹴る。

四人が座れるくらいの畳が顔を出すと、栄は絵が張られた木枠を枕屏風に立てかけた。

二人が並んで座ったところに、長右衛門が仙太郎を案内して来た。

仙太郎は座敷が散らかっているのを気にもせず、「お疲れさまでございます」と栄に声をかけると、まっすぐ老女の絵の前に歩み寄った。

「これは素晴らしい」

仙太郎は嘆息を漏らす。

絵を眺める仙太郎の背中に目を向けながら、長右衛門は栄の隣に座る。無念と長右衛門で栄を挟み込むような形である。

「文《ふみ》で次のお作を注文した無礼をお許しください」

言いながら、仙太郎は三人に向かい合って座る。

「なにやら、わたしのことを嗅ぎ回っている方々がいらっしゃるようで、用心をしたのでございます」

仙太郎は表情を変えずに無念と長右衛門を見た。

二人は顔を強張らせる。

「どうやら、品川にいらしたのは戯作者の鉢野《はちの》金魚さん。薬楽堂の外に張り込んでいるのは、読売屋の北野《きたの》貫兵衛さんと、又蔵さんだと分かりました。応為先生を心配した薬楽堂に関わる皆さまだと知って、これはわたしが出張らなければならないなと思い、参上したしだいでございます」

仙太郎は、悪びれた様子もなく言った。

「なんで品川の唐物問屋だなんて嘘をついた？　名前も偽名だろう」

無念が訊く。

「そう仰るあなたは本能寺《ほんのうじ》無念さんでございますね。本能寺無念はご本名で？」

「筆名に決まっているだろう」

「津軽屋仙太郎も、筆名と同じようなものとお考えいただければ」

「あんたは戯作者じゃねぇだろう」長右衛門が言う。

「それに無念は戯作者って仕事は偽っちゃいねぇ。だが、あんたは品川の唐物問屋って、商売を偽った」

長右衛門の言葉に、仙太郎は栄の方へ顔を向けた。

「絵をお願いして、ちゃんと代金をお支払いする。そのことにこちらの商売は関係ございましょうか？」

「ないね」栄は言った。

「ただ、まだ手付けしかもらっていないけれど」

「だから参ったのでございますよ」

仙太郎は懐から紫の袱紗《ふくさ》を出して、栄の前に滑らせ、ゆっくりと開いた。

重ねた小判が八枚現れた。

「似姿絵、二枚分のお代でございます。一枚分の手付けは二両お渡ししてありますから、合わせて十両。これで、わたしへの疑いは晴れましょう」

「いや。晴れねぇな」無念が言った。

「やましいことがねぇのなら、商売を偽ることはねぇ。そういう胡散臭い奴は信用ならねぇ」

「似姿絵を注文することに関する信用というのは、ちゃんとお代が払えるかどうかではございませんか？　わたしが似姿絵を注文し、ここでお代を支払った」

「うーむ」

無念は言葉に詰まる。

「似姿絵をなんに使うのかって問題がある」長右衛門が言う。

「ご定法を犯すようなことに使われちゃあ、応為先生に迷惑がかかる」

「どのようなことに使うとお思いで？」

「そりゃあ、分からねぇが……」

「それでは金物屋で包丁を買おうとする者に、人を刺すかもしれないから売れないと言っているのと同じでございましょう」

「うむ……」

「こちらの身元を明かしたくない——。商売を偽ったのはそういうこととお考えいただければ」

「その理由が知りてぇんだよ」

無念は苛々と言う。

「たとえば、わたしが婿だといたしましょう。婿家の親が、実の親とは縁を切れと言ったとします。しかし、わたしは実の親への思いが断ち切れない。そこで、似姿絵を描いてもらって、時々こっそりと眺め、故郷の親を偲びたいと考えた——。というのはいかがでございます？」

「そうなのか？」

「たとえばと申しました。そういう理由だとすれば、噂が流れないように身元を明かさないということは考えられましょう」

「外に漏らすなと言われれば、誰にも言わねぇよ。おれたちを信用できなかったってのか？」

無念が言う。

「あなた方がわたしを信用しなかったのと同じでございます」

「ああ言えばこう言う……」

長右衛門は舌打ちする。

「ともかく、二枚分の似姿絵のお代はお支払いいたしました。もし、応為先生にお引き受けいただけないのであれば、五両はこちらに引き取ります。残り五両は、あそこまで描いていただいた手間賃として置いて参ります」

仙太郎は栄に顔を向けた。

「引き受けるよ」

栄はあっさりと言った。

「応為先生はこう仰っています」仙太郎は無念と長右衛門を交互に見る。

「あとは、あなた方のお節介でございますな。応為先生が心配なのは分かりますが、嗅ぎ回られるのも追いかけ回されるのも迷惑でございます」

無念と長右衛門は答えに迷う。このままでは話が終わってしまう。

早く金魚が来てくれないかと、無念と長右衛門はちらちらと中庭の方へ目をやる。

「どなたかをお待ちで？」仙太郎は薄く笑う。

「ああ。金魚さんがいらっしゃるのですか。お待ちしてお話をしたいところでございますが、わたしも忙しい身でございます。ほかにお話がないのであれば、これにておいとまいたしますが」

仙太郎は三人の顔を見回す。

「一つだけ教えてくれないか」

栄が言った。

「なんでございましょう？」

「似姿絵の元になる婆ぁと爺ぃは、もう死んでいるね？」

栄の問いに、仙太郎は微笑を浮かべる。

「左様でございます」

「もう一つ——。あんたとは血の繋がりのない爺婆だね？」

「はい」

「さらにもう一つ。あんたは、似姿絵を誰からか頼まれたんだね？」

「頼まれてはおりません」

「ならば、自分のためじゃなく、誰かのために、あたしに描かせているのかと言い換えようか」

「まぁ、そういうことでございますな」

「ついでにもう一つ。あんた、品川の唐物問屋、津軽屋仙太郎と名乗ったこと以外、嘘はついていないね？」

「ついておりません」

「悪いね、最後の最後にもう一つ。あんたの本名を聞かせてもらえまいか」

「それはご勘弁願いましょう」

「そうかい。分かった――。婆ぁの方はあと三日、四日で出来上がる。精魂込めて描くから、受け取りは使いじゃなく、あんた自身に来て欲しい」

「承知いたしました。明後日辺り、使いの者をよこしますので、受け取りの日時をお知らせくださいまし」

「表具《ひょうぐ》はどうする？」

「こちらで手配いたしますから、それは結構でございます」

仙太郎は「それでは」と言って立ち上がり、座敷を出て行った。長右衛門が見送りについて行く。

「すまなかったな……。金魚が来るまで間をもたせられなかった」

無念は頭を掻いた。

「外には貫兵衛がいるだろ。後をつけてねぐらを確かめてくれるよ。よしんば、まかれたとしても、明後日の使いか、絵を受け取りに来る仙太郎をつければいい。機会はあと二回ある。それで駄目なら、爺ぃの絵を描いているうちになんとかすればいいさ」

「なんだ。考えてるじゃないか」

「当たり前だ。あんたらのやり取りを歯がゆい思いで聞いてたよ」

「だったら横から口を出してくれてもいいじゃないか」

無念は口を尖らせた。

「なにを言ってものらりくらり逃げられる。だから最後に、逃げられない問いをしたのさ。爺婆は仙太郎とは赤の他人。仙太郎は誰かのために似姿絵を頼んだ——。まぁ、あたしらが聞き出した手掛かりとしては上等だろうよ」

「うむ……」

無念は渋い顔で腕組みをした。

「あたしは気づいたことがあったが——。あんたらはないのかい？」

「なんだい、気づいたことって」

戻って来た長右衛門が訊く。

「色が黒いのは気がついたぜ」

無念が言った。

「そのほかにだよ——。最初に会った時には気にも留めていなかったが、今日は津軽屋を子細に観察した。あの男、日頃から鍛錬してるね」

「鍛錬?」

と、長右衛門。

「歩く時、着物の裾からちらりとふくらはぎが見えた。かなり筋が発達している。あれは長い距離を歩くか走るかしている奴の脚だよ」

「以前、飛脚をやってたとか?」

無念が言う。

「いや。今でも脚を使っている。大店の旦那風の扮装は目眩《めくら》ましだね」

「色が黒いのは、唐物問屋だから、長崎までの船で焼けたのかとも思ったが、脚を使ってるとなると、歩きで長崎まで行っているとか——」

無念は腕を組んだ。

「ともかく、そういうことを金魚に伝えて推当てしてもらわなきゃな」

長右衛門はあぐらをかいて、腰から煙草入れを抜いた。

七

貫兵衛は仙太郎が薬楽堂を出て来たのを見ると、ほどよく間を空けてその後を追った。

仙太郎は大伝馬町一丁目と本町四丁目の辻で急に左の伊勢町の方へ曲がった。

往来の人たちを巧みに避けながら、貫兵衛は大急ぎで後を追う。

伊勢町の通りを真っ直ぐ道浄橋に向かって走る仙太郎の後ろ姿が見えた。

貫兵衛は速度を上げて仙太郎を追う。

仙太郎は橋を駆け渡って、伊勢町堀の畔を走る。石垣に囲まれた日本橋川の入堀である。数艘の荷船が行き交っていた。

仙太郎は後ろを振り向きもせずに走り、突然堀へ飛び降りた。

貫兵衛は仙太郎が飛び込んだ辺りに急ぐ。

堀の端から舟が漕ぎ出した。頬被《ほっかむ》りをした船頭が艪《ろ》を漕いでいる。手下《てか》に舟を用意させていたのだと貫兵衛は思った。

その上に仙太郎が立ち、貫兵衛の方を見て笑っている。

「くそっ!」

貫兵衛は堀端を、仙太郎が乗る舟を追って走り、石垣を蹴った。

宙を舞った貫兵衛の体は、仙太郎が乗る舟に飛び乗る。舟は大きく揺れた。

「大胆なことをする」仙太郎は貫兵衛と対峙し、不敵に笑った。

「さすが忍びだな」

「おれのことを調べたのか?」

貫兵衛は身構えた。

「薬楽堂の面々については一通りな」

「なんのために？」

「こういうことになると思ったからさ──」

仙太郎は舟の縁《へり》を蹴り、下流から漕ぎ寄せる荷船に跳んだ。

貫兵衛も慌てて船縁を蹴る。

荷船に移った仙太郎は、再び跳んで今度は上流から来る舟に飛び乗った。

空舟なので大きく揺れ、船頭が大声で文句を言っている。

貫兵衛も続いて空舟に飛び移る。

仙太郎は船縁に足をかける。対岸は目と鼻の先。あと一跳びの距離だ。

貫兵衛は仙太郎が跳ぶのを待った。

しかし──。仙太郎は強く船縁を踏んで舟を揺らした。

喫水の浅い川舟は不安定である。仙太郎が二度ほど船縁を踏むと、ひっくり返りそうなほどの揺れを見せた。貫兵衛は足を踏ん張り、平衡をとる。

船頭が悲鳴を上げた瞬間、舟はひっくり返った。

仙太郎は大きく飛び上がり、岸の石垣の上に立った。すぐに走り出す。

わずかに遅れて、貫兵衛も岸に飛び移った。

底を上にして浮かぶ舟に、ずぶ濡れの船頭が泳ぎ寄り、罵声を上げた。

仙太郎は小舟町、堀江町と走り、六十間川に出た。

仙太郎は躊躇《ためら》いもせずに石垣の縁を蹴った。

堀端からすぐに舟が出る。今度は貫兵衛に飛び移られるのを警戒して、すぐに対岸の方に寄った。

こちらにも舟を手配していたのかと、仙太郎の用心深さに貫兵衛は舌打ちする。

川に飛び込んで、泳いで追うかとも思ったが、仙太郎が乗る舟は船足の速い猪牙《ちょき》舟で、かなりの速度で遠ざかってゆく。

貫兵衛は河岸に駆け寄って空舟を探す。しかし、係留されている舟はいずれも荷積み、荷下ろしの最中であった。船頭や人足を殴り倒して舟を奪おうかとも考えたが、騒ぎになるのはまずいので諦めた。

遠ざかる舟から仙太郎が大きく手を振る。

「つけ回されるのは迷惑だと大旦那にも言ってあるが、お前もよく覚えておけ」

仙太郎の笑い声が小さくなっていった。


金魚が松吉と共に薬楽堂に駆けつけると、無念が店の前で腕組みをしながらうろうろと歩き回っていた。

「なんだい。あたしが着くまで話を引き延ばせなかったのかい」

息を切らせて金魚が言った。

「精一杯引き延ばしたんだよ。今、貫兵衛が追ってる」

「仕方がないねぇ」

金魚は無念の額を指で軽く突《つつ》き、店の中に入った。

画室では栄が鳥の子紙の半紙にうずくまり、なにかを描いていた。横から長右衛門が覗き込んでいる。

中庭からその様子を見て、金魚は栄がなにをしているのかぴんと来た。

「さすが絵師。それは津軽屋の似顔だろう」

金魚が言うと、栄は半紙を持ち上げて、金魚に見せた。

線描で、中年男の顔が描かれていた。

「これに赤銅色を塗れば、そっくりだぜ」

長右衛門が言う。

「何枚か描いてもらえるかい？」

金魚は縁側に座って言った。

「これは、まだ津軽屋の顔を知らないお前用に描いたんだ。後の何枚かは何に使う？」

「それを持って、あちこち聞いて回るのさ」

「だが——」長右衛門が言った。

「津軽屋のねぐらは貫兵衛が見つけ出して来るんだぜ」

「さて、まかれずにねぐらまで辿り着けるかどうかだね」

「なんで貫兵衛がまかれると思うんだ？」

栄が訊いた。

「たぶん、津軽屋はこっちが色々と嗅ぎ回っているって気づいて直接話しに来たんだろ？」

「ご明察だ」

「だったら、ここを出たら尾行されることは計算済みさ。上手くまける算段があるから、自分で来たんだろうよ」

「なるほど――。随分鍛えたふくらはぎをしていたからな。貫兵衛は追いつけないかもしれない」

「そうかい。津軽屋は足腰を鍛えているかい」

「津軽屋仙太郎ってのは偽名だと認めたが、本名は名乗らなかった。似姿絵を頼んだ爺ぃと婆ぁは故人。津軽屋とは赤の他人。けれど、誰かのために絵を描いて欲しいと依頼したようだ。ああ言えばこう言うで、聞き出せたのはそこまで。婆ぁの絵はあと三日、四日で出来上がる。精魂込めて描くから、受け取りは使いじゃなく、あんた自身に来て欲しいって言っておいた」

「上出来だよ――」金魚は手を伸ばして座敷の煙草盆を取る。

「どうせそこまで聞き出せたのはあんたのおかげで、無念や大旦那は役に立たなかったんだろ」

金魚は座敷の長右衛門と、後ろについて来た無念を見ながら煙管を吸いつけた。

その時、不機嫌そうな顔をした貫兵衛が中庭に入って来た。

「まかれたかい？」

金魚は大きな声で訊く。

貫兵衛はぶすっとしたまま答えず、縁側に座った。

貫兵衛は煙管を出し、煙草を詰めて金魚の脇の煙草盆を取った。

「津軽屋は舟を用意していた」

煙草に火を移しながら貫兵衛は言った。

「戦う様子を見せたかい？」

「いや。逃げるばかりだった。だが、あの身のこなしは、日頃鍛えてる者のものだ」

「どんな感じだったんだい？」

「不安定な舟に次々と飛び移った」

「なるほどねぇ」と、金魚は栄に顔を向ける。

「ところで、表具はどうするんだい？」

「こちらでするから不要と言われた」

「ふん。だんだん分かってきたね」

「なにが分かってきたってんだ？　おれにはさっぱりだぜ」

無念が言うと、長右衛門、栄、貫兵衛も肯いて金魚に顔を向けた。

「そいつはおそらく、出てきた手掛かりを一緒くたに考えているからだよ。事柄ごとにまとめてみりゃあいいんだよ」

金魚は近くに放り出してあった鳥の子紙を一枚取って、栄の面相筆を持った。

「まずは、津軽屋仙太郎の正体だ。死んだ者の似姿絵を描かせて、遺族のためになにかしようとしている。この手掛かりから、一度、似姿絵を外してみる。すると、遺族のためになにかしようとしているということになる」

金魚はその手掛かりを紙に書き入れ、一同を見回した。

「さて、このことから想像できる商売は？」

「寺の坊主だな」

無念が言った。

「だけど——」栄が異議を唱える。

「寺の坊主はお布施をふんだくることはあっても、大枚はたいて死んだ奴の似姿絵なんて描かせないよ」

金魚が指を立てて左右に振る。

「お栄。似姿絵は外すって言ったろ。まずは無念の〝寺の坊主〟って案をいただきだ」

金魚は紙に書く。

「しかし、寺の坊主はあんなに日に焼けてはいないぞ。それに仙太郎は髪を伸ばしている」

　貫兵衛が言った。

「それだよ、次に言おうとしていたのは。赤銅色の肌と、鍛えられた足腰。不安定な舟に飛び移る跳躍力、平衡感覚――。寺の坊主に似た仕事で、それらの条件を備えているのは？」

「修験者か――」長右衛門が言った。

「修験者ならば、険しい山で修行するから、足腰は丈夫だし、平衡感覚がなければ切り立った崖は登れねぇ。そして、あの髷を解けば、修験者の総髪になるぜ」

　金魚はにっと笑って紙に〝修験者〟と書いた。

「なるほど――」栄は感心したように肯くがすぐに眉をひそめる。

「けれど、修験者なんてだいたいが物乞いみたいなもんだ。上等な着物を着て、ぽんと十両を出せるような身分じゃないよ」

「いやいや」無念が言う。

「修験者崩れの拝み屋ならば、大店やお武家相手の加持祈禱《かじきとう》で荒稼ぎしている奴もいるぜ」

「ほら。津軽屋仙太郎の正体が分かったろう」

　金魚が言った。

「そうか。出てきた手掛かりを整理せずに考えるからこんがらかっちまうのか」

無念は顎を撫でた。

「それじゃあ、絵はなんに使うんだい？」

栄が訊く。

「得意先に高い値で売りつけるつもりじゃないのか？　ありそうな話だぜ」

無念が言う。

「まぁ、その辺はゆっくり推当ててみなよ。まずは、津軽屋仙太郎が本当に修験者かどうか確かめようじゃないか。お栄、その絵を髷を解いた総髪にして、頭に兜巾《ときん》をつけた絵も描いてくれないかい。髪を結った方の絵と修験者姿の絵を持って聞き込みをしよう」

「しかし、どこから回る？　品川からか？」

長右衛門が訊く。

「修験者に訊いて回るんだよ。修験の道場でもいい。金持ち相手に加持祈禱をしてる奴って訊いて回れば、すぐにどこのどいつか分かるさ。まっとうな修験者ならば、そういう奴は快く思ってないだろうからね」

「よし。早速回ろう。お栄。ささっと似顔を描いてくれ」

無念は腕まくりして言った。

「あいよ」

栄は鳥の子紙にさらさらと似顔絵を描き始める。

「ところで――」金魚は長右衛門に顔を向けた。

「薬楽堂に御簾《みす》はあるかい？」

「御簾だぁ？」

長右衛門は頓狂な声を出す。

御簾とは、簾《すだれ》のことである。

「安い奴じゃ駄目だよ。御殿にかかっているような豪華な奴」

「そんな結構なもの、あるわきゃねぇじゃねぇか」

長右衛門は顔をしかめて首を振った。

「工房に――」似顔絵を描きながら栄が言った。

「絵の手本にするために置いてあるよ。使うんなら持って来ようか？」

「借りられるんならありがたいね。為一先生に一筆書いておくよ。竹吉か松吉に取りに行かせる」

「けれど、なにに使うんだい？」

「津軽屋が絵を取りに来た日のお楽しみさ」金魚はにんまりと笑う。

「それから、お栄には苦労をかけるけど、一つお願いしたいことがあるんだけど」

金魚は〝お願い〟の子細を語った。

「うーむ」栄は眉間に皺を寄せる。

「お前も一晩徹夜だぞ」

「そういうのは馴れてるよ」

　金魚はにっこりと笑った。

八

〝津軽屋仙太郎〟は、約束どおり訪ねた日の翌々日に手紙を書いた。悪びれずに、貫兵衛に追い回されて迷惑した旨も書き添えて、使いの者に持たせた。

　案の定、使いの者は、若い男――、貫兵衛の手下の又蔵に尾行されたらしいが、上手くまいて栄からの返事を持って帰った。

　返書には、明日の夕方までには描き終えるから、夜に取りに来て欲しいと書いてあった。

〝仙太郎〟は貫兵衛や又蔵があまりうるさい時には、媼《おうな》の似姿絵だけ手に入れて、翁《おきな》の方は諦める覚悟をしていた。

　媼の絵を手に入れられれば、とりあえずなんとかなるだろうという判断であった。

　弟子たちが加持祈禱の場を清めるために唱える真言の声が聞こえてくる座敷の中で、〝仙太郎〟は栄からの文を畳む。

　先日訪ねた時、鉢野金魚はいなかった。

今回は確実に同席するだろう。

〝仙太郎〟は、薬楽堂の面々について調べ上げていた。鉢野金魚という女戯作者が、推当物という謎解き物語を得意としていることや、鋭い推当を使って、現実に起きた不可思議な謎を解いていることも摑んでいた。

とすれば、奇妙な注文をした自分を怪しんで色々と調べ回るに違いない。

そう考えて弟子たちを品川に張り込ませた。ほどなく弟子たちは、金魚が〝津軽屋仙太郎〟を探している姿を発見した。

そして、池谷藩の御庭之者をしていた北野貫兵衛と、その手下の又蔵が薬楽堂の外で見張りを始めた。

まずはその腕前を確かめようと、〝仙太郎〟は自ら薬楽堂を訪れた――。

「さて、鉢野金魚、どんなことを仕掛けてくるか――」

〝仙太郎〟は呟き、唇を引き締めた。

〝仙太郎〟に老女の似姿絵を引き渡す日の昼。

又蔵がやっと〝仙太郎〟の正体の全てを突き止めてきた。

栄は絵の仕上げで忙しかったから、金魚、無念、長右衛門と貫兵衛、そして話を聞いて駆けつけた只野《ただの》真《ま》葛《くず》は、薬楽堂の離れでその報告を受けた。

「金魚さんの読みどおり、〝仙太郎〟は修験者崩れの拝み屋でござんした。陸奥国《むつのくに》津軽辺りで修行したようで」

「だから津軽屋と名乗ったか」

長右衛門が言った。

「喜福院幽仙《きふくいんゆうせん》と名乗って、下谷車坂町に道場を持っていやす」

「なんだい。あたしの長屋の近くじゃないか」

金魚は言った。

「一昨年辺り、陸奥国から出て来て、あっちこっち移り住んだようでござんすが、今年の初めに道場を持ったんだそうで。旗本や大店の旦那衆の間では、幽仙の祈禱はよく効くってんで、評判がいいとか。ただ、紹介がなけりゃあ祈禱してもらえねぇんで、名は広まってねぇようでござんす」

「金持ち相手のいんちき祈禱師か」

無念が言う。

「いんちきかどうかは加持祈禱を見てみなければわかるまい」

怪異を肯定する真葛は、不機嫌そうに言った。

「いんちきだってことは今夜分かるよ」金魚は真葛に向かって顎を反らした。

「馬鹿な金持ちを謀《たばか》って金儲けするのは別に構わないが、お栄に仕掛けの片棒を担がせるってのが気に食わない。化けの皮をひん剝いて、商売ができなくしてやる」

「まぁ、いんちき祈禱師だと分かればという話なら、異存はないが」

真葛は鼻に皺を寄せた。


津軽屋仙太郎――、喜福院幽仙が薬楽堂に向かう途中で暮れ六ツの鐘が鳴った。

薄暗がりの中、蔀戸を下ろした薬楽堂の前で、二人の小僧が提灯《ちょうちん》を持って待っていた。竹吉と松吉である。

「津軽屋仙太郎さまでございますね？」

店に近づく仙太郎――、幽仙に竹吉が声をかけた。

「いかにも左様で。絵師の葛飾応為さまから似姿絵を受け取りに参りました」

幽仙は慇懃に答える。

「それでは、こちらへ」

松吉が潜り戸を開ける。

店の中は真っ暗だった。

金魚がなにか仕掛けてくるかもしれない――。

幽仙は用心しながら潜り戸を通る。

松吉が提灯で足元を照らし、前土間から通り土間へ誘《いざな》った。

中庭も暗い。

母屋にも離れにも明かりはない。

妙だ――。

庭に、息をひそめた何人かが身を隠している気配がある。

数人で襲いかかり、捕らえるつもりか――？

ならば、攻撃をかわして板塀を跳び越え、逃げればいい――。

中庭の様子は、前に来た時に頭に入れていた。

明かりはなかったが、栄の画室の障子は明け放たれているのがぼんやりと見えた。

なんのつもりか、開いた障子の間には御簾がかかっているようだった。

「どういうことかな？」

幽仙は、少し離れて立つ竹吉、松吉に問う。

「さて……。応為先生にこうせよと頼まれたので……」

竹吉が後ずさりながら、提灯の蠟燭を吹き消す。

松吉もそれに倣った。

一瞬、中庭は闇に包まれた。

幽仙は、いつ攻撃されてもいいように身構える。

突然、画室が明るくなった。

障子で隠れた左右に燭台が立っているらしく、それに照らされた室内の様子が御簾から透けて見えた。

座敷の中央に女が座っている。

小粋な縞の着物を着た若い女。甲螺髷《ばいまげ》の髪に翡翠《ひすい》の簪《かんざし》を挿《さ》している。

鉢野金魚か――。

金魚の顔は、浅草福井町の住まいに張り込んで確かめてあった。

幽仙は、座敷に座る金魚に奇妙なところを見つけてぎょっとした。

金魚の姿は朧《おぼろ》で、背後の襖が透けているのである。まるで、実体のない幽霊のようであった。

幽仙の口元に笑みが浮かぶ。

「そういうことか――」

溜息と共に幽仙は呟いた。

「あたしは鉢野金魚の生き霊だよ」

座敷から声が聞こえた。

「なんのつもりでございましょう」

幽仙は落ち着いた声で訊く。

「あんたがやろうとしていたことを先取りしてみたのさ」

画室の障子に影が映り、生身の金魚が現れて、するすると御簾を上げた。

そして、半透明の金魚の左横に座る。

金魚の動きで微かな風が起こり、半透明の金魚の姿がゆらりと揺れた。

「応為先生の腕は凄いねぇ。あたしに生き写しだ」

金魚は隣に座る金魚を見て微笑む。

半透明の金魚は、似姿絵であった。薄い絹に薄い絵具を重ねて描いた似姿絵は、蠟燭の光を透かして半透明に見えているのだった。

金魚の似姿絵の上端は筒状に縫われていて、細い篠竹が通してあった。竹の両側は黒い絹糸で天井から吊されている。篠竹も糸も、御簾に隠されて、庭からは見えなかったのである。

「あんたが頼んだ爺婆の似姿絵は、こう使うつもりだったんだろ？　喜福院幽仙さん。あんたの法力で、死んだ者を呼び出してみせる。応為先生の画料は高いが、相手が金持ちなら元はとれる」

奥の襖が開いて、栄が現れ、似姿絵の右に座った。

「言葉で聞かされた人相風体だけで似姿絵を描くのは面白かったが、仕掛けに使われるのは面白くないな」

「応為先生の似姿絵は仕掛けに使うのではございませんよ」

「この期に及んで嘘をつくんじゃないよ」金魚は舌打ちをする。

「それじゃあ、なにに使うっていうんだい」

「手本でございますよ」

「手本？」

「わたしの弟子に、絵が上手い男がおりまして、二枚の絵を手本に、応為先生の陰影を生かした絵の描き方を学ばせようと考えたのです。金魚さんに邪魔されなければ、若い男女や子供の絵も描いてもらおうと思っておりました」

「なるほど。弟子に絵を描かせて、画料を浮かすって考えかい」

幽仙の背後に無念が現れた。長右衛門と真葛もそれに続く。

「画料が浮けば、初穂料も安くすみますから」

初穂料とは祈禱料のことである。

「初穂料が安くすむんじゃなくて、あんたの実入りが増えるんだろうが」

金魚は語気を強めた。

「今、わたしが金持ち相手に加持祈禱をしているのは、元手を作るためでございます」

「元手？」

「左様――。修験者として諸国を回るうち、幾多の不幸な者たちを見ました。その多くは自分の力で立ち直れる者でございましたが、どうしても無理な者たちもおります。愛する者を喪《うしな》ったために、生ける屍のようになってしまう者たちでございます。そういう者たちには、もはや神仏のありがたい言葉も届きません。愛する者を救ってくれなかった神仏に対して憎しみさえ抱きます。さて、金魚さん。そういう者たちを、あなたならどう救います？」

「真の救いは、自分自身でしか為し得ないものだよ。他人はその手助けしかできないんだ。愛する者が死んで苦しんでいる奴は、その死を心から納得しないかぎり救えないさ」

「まさにそのとおり。しかし、神仏でさえ救えないその者たちを救う手立てが一つだけございます」

「巫子《いちこ》、梓巫《あずさみこ》、イタコなどの口寄せだな」

真葛が言った。

幽仙は振り返ってにっこりと笑った。

「まさにそのとおり。死者の言葉を伝える口寄せは、苦しむ者を救います。死んでいった者から、いかに自分を愛していたか、いかに自分の立ち直りを望んでいるかを聞けば、苦しむ者の多くが、その懊悩の軛《くびき》から解き放たれます」

「口寄せには脚本《ほん》がある。口寄せを頼んだ者の状況に合わせて、でっちあげた言葉を喋るんだよ」

金魚は言う。

「そのように言う方も多ございますな」

「しかし、死者の姿が現れれば信じる者が多くなる」

真葛が言った。

「いずれにしろ仕掛けじゃないか」

金魚は鼻に皺を寄せる。

「いやいや。死者の霊を呼ぶ招魂の法はございます。しかし、いつも死者が姿を現してくれるとは限らない。だから、絵を使おうと考えたのでございますよ」

「百歩譲っても、死者の霊など呼ぶことはできない。お前がやろうとしていることは仕掛けだ」

「金魚さんは、幽霊や怪異、神仏も信じぬお方という噂でございますから、そういうものは存在しないという立場でお話をいたしましょうか――。金魚さん。出先で腹が減ったらどうします？」

「なんの話だい。飯屋に入るよ」

金魚の答えに幽仙は肯いた。

「飯屋で飯を食う。つまり、飢えを満たすために対価を払うわけでございますな。ならば、心の飢えを満たすために対価を払うということも許されるとはお考えになりませんか。死者のために坊主は経《きょう》を上げて布施をもらい、神主は厄払いのために祝詞《のりと》を上げて初穂料をもらいます。金魚さんのお考えでは、それもまた仕掛けでございます」

「……」

金魚は返答に詰まる。確かに金魚はそう考えているが、世の中の通念では、それを仕掛けとは言わない――。

「命を奪うのは罪でございます。草木にも鳥、獣にも命がございます。人はそれを殺して食います。腹が減って入った飯屋で、金魚さんは殺生をするわけですが、それは罪でしょうか？」

「それとこれとは話が別だ」

「いいえ。目に見えるか見えないかの違いでございますよ。経や祝詞では心の飢えを満たせなかった者に、わたしは死者の姿を見せ、これから進むべき道を諭す――。死者を美しい思い出とできるよう手助けするのでございます」

「その言葉を信じろってのかい？」

「いやいや。疑り深い金魚さんのこと、それは無理でございましょう。応為先生の絵を手に入れて、弟子に絵の修業をさせ、生き写しの絵が描けるようになって初めて、わたしの考えた手助けができるようになります。信じるか信じないかの判断は、それを見た後でなければできますまい」

「なるほど、お前の考えは分かった」と言ったのは栄であった。

「それで、お前の考える手助けでは、初穂料は幾ら取る？」

「あるところからはがっぽりと頂きますが、ないところから搾り取るようなことはいたしません」

「しかし、それではじり貧だろう」

「今稼いでいる金が、将来のじり貧を防ぐための元手でございますよ」

栄と幽仙のやり取りを聞きながら、金魚は思い出した。

以前、真葛は『死に目に会えなかった者が死出の旅の挨拶に来てくれたと喜ぶ者に、そのようなことはあり得ないと言えるか』というようなことを言っていた。

たとえ、それはなにかの勘違い、見間違いだったとしても『それはよかったな』と言ってやるのが、本人の癒やしに繋がる。金魚も何度か、そういう解決をしたことがある。

幽仙はそれを商売としてやろうとしている。金持ちには大枚を出させ、貧乏人からは幾ばくかの初穂料をもらって――。

それが果たして悪であろうか？

もしかすると、幽仙も自分と同じように、幽霊や神仏の存在を信じていないのかもしれない。

神仏や幽霊は、愛する人を喪った者を救わない。

悲しむ人を救いの道に導くために嘘をつこう。

幽仙はそう考えたのではないか――。

「金魚さんをはじめ、薬楽堂の方々は、わたしのやり口を全てご存じでございます。世間に言い広めれば、わたしの仕事を邪魔することもできましょう。どうしてもやめさせなければならないとお考えならば、どうぞおやりなさい。もし、様子を見ようとお考えならば、わたしが非道なことをした時、おそれながらと奉行所へ訴えなさいまし。わたしは仕掛者として捕らえられましょう。いかがでございます？」

幽仙は、薬楽堂の面々をぐるりと見回した。

栄がゆっくりと立ち上がり、奥の座敷から筒状に丸めた絵を持って来た。そして沓《くつ》脱石《ぬぎいし》の上の草履《ぞうり》を履き、幽仙に歩み寄る。

「婆ぁの絵だ。爺ぃの絵は二、三日で出来上がる。若い男女、童《わらべ》の似姿を描いて欲しいなら、画料は同じ。人相風体を書いた文をもらえれば、すぐに取りかかる」

「左様でございますか」幽仙は丸めた絵を受け取った。

「応為先生とのお約束は取りつけましたが、この後どうするかは皆さまのお考えしだい。どのようになさっても、わたしは恨みませんし、逃げも隠れもいたしませんゆえ」

幽仙は一同に礼をし、ゆっくりと中庭を出て行った。竹吉と松吉が灯を点けた提灯を持って後を追う。

金魚は幽仙の姿が通り土間に消えるのを見送った。

誰もなにも喋らない。

金魚が幽仙に言い負けた——。

その衝撃に、誰もが、ほかの者がなにか言い出すのを待っていた。

それは金魚も同じことであった。

誰かが軽口を叩いて、このことがたいしたことではないと思わせて欲しい——。

ああ、ちくしょう。

どう理由をつけたところで、嘘は嘘。

けれど、その嘘が人を救うのならば――。

その嘘で、自死を選ぼうとする者を一人でも二人でも救うことができるのならば――。

人は弱い。冷徹な現実だけを見つめて生きてはいけない。そんなことは、苦界にいた頃に嫌というほど思い知ったじゃないか。

暴かない方がいい嘘もあるということか――。

「真葛婆ぁ。仕掛者祈禱師に言い負かされたあたしをからかわないのかい」

金魚の口調が思いの外明るかったので、一同はほっとした。

「なにか大切なことに気づいたらしい者をからかえるものか」

真葛が真剣な表情で返した。

「それじゃあ、あたしは頭を冷やしながら帰るよ」

金魚はくるりと踵《きびす》を返し、通り土間へ向かう。

無念が一歩前に出て、なにか言いかけた。

しかし、そのまま口をつぐむ。

真葛が焦れったそうに、

「家まで送ってやれ」

と言った。

「おれには無理だ……」

無念は呟いて首を振った。

九

次の日、金魚は薬楽堂に現れなかった。

その翌日も金魚は薬楽堂を訪ねなかった。

三日目――。

無念はろくに眠れない三晩を過ごし、まだ暗いうちに薬楽堂を出た。そして、金魚の住む長屋のある浅草福井町に出かけた。

長屋のおかみさんたちが井戸端で米を洗っていた。

金魚の部屋は腰高障子が閉まっている。障子の向こうは暗い。

戸を叩こうとした無念に、おかみさんの一人が言った。

「金魚ちゃんならいないよ」

無念は振り返って訊く。

「どこかへ出かけたのか？」

「お伊勢参り」

「えっ?」

無念は眉をひそめて井戸端に走る。

「自分は修行が足りないから、旅に出て鍛えるんだって言ってたよ」

「いつ出かけた?」

「昨日だよ。普通なら家財道具を売っ払って出かけるもんだけど、さすが売れっ子の戯作者さんだ。しばらく帰れないからって、店賃は一年分大家さんに先払いしてた。あたしらは留守の間の掃除を頼まれてたんまり頂いちゃった」

「旅の途中で雪が降るよって言ったんだけど、雪中の旅も修行だなんて言ってね」

別のおかみさんが口を挟んだ。

「金魚がお伊勢参りに出かけた……」

無念は呆然とした。

「なんだい。聞いてなかったのかい?」

「身なりのいい婆ぁさんと、小汚い女と、こまっしゃくれた小娘が来て、見送っていたよ」

「真葛婆ぁとお栄、けいか……」

女たちには知らせて、旅立ちを知っていた女たちは男連中には一言も言わなかったのか――。

無念は歯がみした。

怒りがこみ上げる。

女たちが金魚の旅立ちを黙っていたことか、金魚が自分になにも言わずに旅立ったことか、怒りの原因は分からない。ただただ腹が立った。

無念はおかみさんたちにくるりと背を向けて走り出した。

怒りと悲しみと悔しさと後悔が、無念の中で渦巻いた。

「ちくしょう！　馬鹿野郎！」

無念は怒鳴りながら走る。

そして、薬楽堂が見えてきた時、馬鹿野郎は自分であり、これから何をすべきかが無念の中で像を結んでいた。

前土間を物凄い勢いで横切る無念を、竹吉、松吉、清之助、短右衛門が驚いた顔で見送る。

縁側を走り抜ける時、翁の絵を描いている栄がちらっと目を上げたが、なにも言わずに筆を動かし続けた。

無念は行李の中から股引と手っ甲《てこう》、脚半《きゃはん》を取り出して身につける。そして、銭袋に仕舞ってあった全財産を懐に突っ込むと、尻端折りをして、中庭に飛び出した。

「おい、無念！　どうしたんでぇ！」

離れから長右衛門の声が聞こえた。

無念は振り返りもせずに通り土間に飛び込んだ。

唖然とする店の四人の前を疾風のように駆け抜けて、無念は店の外に飛び出した。

金魚は品川宿の旅籠の二階から、ぼんやりと街道を見下ろしていた。西に旅をする人々や、西から旅をしてきた人々、港に荷揚げされた荷物を運ぶ人足たちで、道は混雑している。

昨日のうちに神奈川宿あたりまでは歩けそうだったが、日本橋からたった二里（約八キロ）の品川で宿を取った。

後ろ髪を引かれる思いがあったからである。

今日は早立ちするつもりで泊まった旅籠であったが、朝餉をとった後、なんだか気が重くてそのまま今日も泊まることにした。

気が重いから出立を先延ばしにしたのか、なにか期待しているのか――。

金魚は手摺りにのせた腕に顔を預ける。

「子供じみたことをやっちまったねぇ」

と呟く。

無念と距離を置きたいという気持ちはあった。遠くの女よりも近くの女。自分がいなければ、無念の心はみおに近づいていくに違いない。無念がみおと結ばれれば、きっぱりと諦めがつく。

そういう思いの一方で、自分が旅に出たことを知った無念が追って来てくれるのではないかという期待もあった。無念が自分を追って来たなら、自分は様々な杞憂を振り払って、一歩前に進めるのではないか。

本当に、自分の中にはおぼこ娘がいるようだ——。

旅に出ることを打ち明けた時、真葛あたりから『素直ではないな』とでも言われていれば、今頃自分は薬楽堂で煙管を吹かしていたに違いない。

きっと真葛も、栄も、自分のその思いに勘づいていたろうけれど、なにも言わずに見送ってくれた。けいは、自分も一緒に行きたいと、少し駄々をこねたが——。

思い出し笑いをした金魚の目に、物凄い勢いで街道を走る男の姿が映った。

飛脚だろうかと思ったが、尻端折りをして股引を穿き、振り分け荷物に三度笠の旅装束である。周囲の者たちよりも頭一つ抜きん出た偉丈夫——。

金魚の胸がどきりと鳴った。

笠のせいで顔が見えない。

金魚は無駄だと知りつつ、手摺りから身を乗り出して男の顔を覗き込もうとした。

二階からでは笠の下が見えるはずもなく、男は瞬く間に金魚の真下まで来た。

体つきに覚えがあった。着物の柄に覚えがあった。

金魚はそのにおいまで思い出した。

「むーねん」

金魚は走り去る男の背中に声をかけた。

男はぴたりと足を止めた。

そしてゆっくりと振り返り、笠をつまんで上げた。

無精髭の顔がにんまりと笑う。

たった三日見なかっただけだが、懐かしい無念の顔がそこにあった。

歓喜が全身を駆け巡ったが、金魚は平静を装って無念に訊いた。

「そんなに急いでどこへ行くんだい？」

「お伊勢参りよ」

そこで無念はちょっと考えて付け加えた。

「一緒に行きたいんなら、連れてってやるぜ」

『一緒に来い』と言われなかったのが少し不満ではあったが、金魚は満面に笑みを浮かべて、

「途中で雪が降ったらどうするんだい？」

と訊いた。

長屋のおかみさんには『雪中の旅も修行』と答えたから、きっと無念もそう答えるのではないかと思った。

しかし無念は、

「そうなったら、湯宿で一冬過ごすのもいいいんじゃねぇか」

と答えた。

「ちょっと待っておくれ」

金魚は言って窓際を離れた。

胸が高鳴っている。縛《いまし》めから解き放たれたかのように体が軽い。

急いで荷物をまとめ、階段を下りる。

宿の番頭を捕まえて、気が変わったからと、宿代と心付けを手渡し、草鞋《わらじ》を履く。

紐を結びながら、どうせなら無念と一緒にこの旅籠で一泊してもよかったかなと思った。

「まぁいいか」

金魚は外に飛び出す。

にこにこ笑う無念の前に立ち、金魚は、

「さぁ、行くよ」

と言って歩き出す。

先を越された無念は、むきになった顔をして、

「おれが先達だ」

と、金魚を追い越す。

「なに言ってんだい。お伊勢参りは初めてだろ」

「お前ぇも一緒だろうが」

無念は後ろを振り返りながら言った。
「だったら並んで行こうかね」
金魚は早足で無念の隣につく。
二人の間はおよそ半間（約九〇センチ）。
金魚は少しだけ無念に近づいた。
無念も少しだけ金魚に近づく。
袖が触れ合うか触れ合わないかの距離で、金魚と無念は東海道を進んだ。
二人が向かう西の空は、鮮やかな青が広がる日本晴れであった。

■参考文献

和本入門　千年生きる書物の世界　橋口侯之介　平凡社ライブラリー
江戸の本屋と本づくり【続】和本入門　橋口侯之介　平凡社ライブラリー
和本への招待　日本人と書物の歴史　橋口侯之介　角川選書
江戸の古本屋　近世書肆のしごと　橋口侯之介　平凡社
江戸の本屋さん　近世文化史の側面　今田洋三　平凡社ライブラリー
和本のすすめ　江戸を読み解くために　中野三敏　岩波新書
書誌学談義　江戸の板本　中野三敏　岩波現代文庫
絵草紙屋　江戸の浮世絵ショップ　鈴木俊幸　平凡社選書
只野真葛　関民子　吉川弘文館人物叢書新装版

また、執筆にあたり、神田神保町 誠心堂書店店主・橋口侯之介氏には、今回も大変有益な助言をいただきました。御礼申し上げます。
なお、フィクションという性質上、参考資料やご助言をあえて拡大解釈し、アレンジしている部分があります。

本作品は、だいわ文庫のための書き下ろしです。

平谷美樹（ひらや・よしき）

一九六〇年、岩手県生まれ。大阪芸術大学卒。中学校の美術教師を務める傍ら創作活動に入る。

二〇〇〇年『エンデュミオンエンデュミオン』で作家としてデビュー。同年『エリ・エリ』で小松左京賞を受賞。

二〇一四年、歴史作家クラブ賞・シリーズ賞を受賞。

他の著書に「風の王国」「ゴミソの鐵次　調伏覚書」「修法師百夜まじない帖」「貸し物屋お庸」「採薬使佐平次」「江戸城　御掃除之者！」シリーズ、『でんでら国』『鉄の王　流星の小柄』『伝説の不死者─鉄の王─』『雀と五位鷺推当帖』『義経暗殺』『よこやり清左衛門仕置帳』『鍬ヶ崎心中』等、多数がある。

だいわ文庫

草紙屋薬楽堂《そうしやくらくどう》ふしぎ始末《しまつ》
名月怪談《めいげつかいだん》

著者　平谷美樹《ひらやよしき》
©2019 Yoshiki Hiraya　Printed in Japan
二〇一九年九月一五日第一刷発行

発行者　佐藤　靖
発行所　大和《だいわ》書房
東京都文京区関口一─三三─四　〒一一二─〇〇一四
電話　〇三─三二〇三─四五一一

フォーマットデザイン　鈴木成一デザイン室
本文デザイン　bookwall（村山百合子）
本文イラスト　丹地陽子
本文印刷　信毎書籍印刷
カバー印刷　山一印刷
製本　ナショナル製本

ISBN978-4-479-30782-2
乱丁本・落丁本はお取り替えいたします。
http://www.daiwashobo.co.jp

だいわ文庫の好評既刊

*平谷美樹
草紙屋薬楽堂ふしぎ始末
「こいつは、人の仕業でございますよ……」江戸の本屋＋作家＋怪異＝ご明察！ 戯作者と版元が怪事件を解決する痛快時代小説！
680円
335-1 I

*平谷美樹
草紙屋薬楽堂ふしぎ始末 絆の煙草入れ
娘幽霊、ポルターガイスト、拐かし——江戸の本屋を舞台に戯作者＝作家が怪異を解決！粋で痛快で少々切ない大人気シリーズ第二弾！
680円
335-2 I

*平谷美樹
草紙屋薬楽堂ふしぎ始末 唐紅色の約束
悪霊退治と失せ物探しは江戸の本屋の得意技!? 戯作者＝作家の謎解きが冴える、読み心地満点の大人気時代小説、待望の第三弾！
680円
335-3 I

*平谷美樹
草紙屋薬楽堂ふしぎ始末 月下狐の舞
「見えないかい？月明かりの中の狐の舞が…」江戸の本屋を舞台に戯作者＝作家が怪異を解決！ 謎解きと人情に心躍る痛快時代小説。
680円
335-4 I

*知野みさき
深川二幸堂 菓子こよみ
社交的な兄と不器用な弟が営む深川の小さな菓子屋「二幸堂」。美味しい菓子が心を癒し、人と人を繋げ、希望をもたらす極上の時代小説。
680円
361-1 I

*知野みさき
深川二幸堂 菓子こよみ〈二〉
江戸の菓子屋を舞台に描く、極上の甘味と人情とままならぬ恋。兄弟の絆と人々の温かさに涙零れる珠玉の時代小説、待望の第二弾！
680円
361-3 I

*印は書き下ろし

表示価格はすべて本体価格（税別）です。本体価格は変更することがあります。